50 Lieblingsbücher zum Vorlesen und Selberlesen | **David Almond** – Zeit des Mondes • **Vita Andersen** – Petruschkas Lackschuhe • **Kirsten Boie** – Mit Jakob wurde alles anders • **Robert Bolt** – Der kleine dicke Ritter • **Zoran Drvenkar** – touch the flame • **Michael Ende** – Der satanarchäolügenialkohöllische Wunschpunsch • **Willi Fährmann** – Der lange Weg des Lukas B. • **Cornelia Funke** – Potilla • **John Reynolds Gardiner** – Steinadler • **David Grossman** – Zickzackkind • **Josef Guggenmos** – Was denkt die Maus am Donnerstag? • **Peter Hacks** – Liebkind im Vogelnest • **Peter Härtling** – Das war der Hirbel • **Christoph Hein** – Das Wildpferd unterm Kachelofen • **Sigrid Heuck** – Saids Geschichte • **W. und H. Hohlbein** – Drachenfeuer • **Janosch** – Lari Fari Mogelzahn • **Tove Jansson** – Die Mumins. Eine drollige Gesellschaft • **Diana Wynne Jones** – Zauberstreit in Caprona • **Erich Kästner** – Pünktchen und Anton • **Klaus Kordon** – Die roten Matrosen • **Irina Korschunow** – Die Wawuschels mit den grünen Haaren • **James Krüss** – Mein Urgroßvater und ich • **Guus Kuijer** – Wir alle für immer zusammen • **Marjaleena Lembcke** – Als die Steine noch Vögel waren • **Gunnel Linde** – Wie eine Hecke voll Himbeeren • **Astrid Lindgren** – Kalle Blomquist Meisterdetektiv • **Hugh Lofting** – Doktor Dolittle und seine Tiere • **Paul Maar** – Der tätowierte Hund • **Patricia MacLachlan** – Schere, Stein, Papier • **Henning Mankell** – Der Hund, der unterwegs zu einem Stern war • **Tilde Michels** – Kleiner König Kalle Wirsch • **A. A. Milne** – Pu der Bär • **Christine Nöstlinger** – Konrad oder Das Kind aus der Konservenbüchse • **Sheila Och** – Das Salz der Erde und das dumme Schaf • **Gudrun Pausewang** – Die Wolke • **Benno Pludra** – Das Herz des Piraten • **Mirjam Pressler** – Wenn das Glück kommt, muss man ihm einen Stuhl hinstellen • **Jan Procházka** – David und der Weihnachtskarpfen • **Bjarne Reuter** – So einen wie mich kann man nicht von den Bäumen pflücken, sagt Buster • **Jutta Richter** – Der Hund mit dem gelben Herzen • **Rafik Schami** – Eine Hand voller Sterne • **Hermann Schulz** – Auf dem Strom • **Jerry Spinelli** – Taubenjagd • **Andreas Steinhöfel** – Die Mitte der Welt • **Karlijn Stoffels** – Mojsche und Rejsele • **Annika Thor** – Eine Insel im Meer • **Uwe Timm** – Der Schatz auf Pagensand • **Pamela L. Travers** – Mary Poppins • **Mats Wahl** – Winterbucht | **Ausgewählt von der Kinder- und Jugendbuchredaktion der Süddeutschen Zeitung | 2005 – 2006**

Süddeutsche Zeitung Junge Bibliothek

Kirsten Boie

Mit Jakob wurde alles anders

Dieses Buch gehört

Kisten Boie

Mit Jakob wurde alles anders

Süddeutsche Zeitung Junge Bibliothek

Bibliografische Information Der Deutschen Bibliothek
Die Deutsche Bibliothek verzeichnet diese Publikation in der Deutschen Nationalbibliografie;
detaillierte bibliografische Daten sind im Internet über http://dnb.ddb.de abrufbar.

Lizenzausgabe der Süddeutschen Zeitung GmbH, München
für die Süddeutsche Zeitung Junge Bibliothek 2006

Coverillustration: Jutta Bauer
Umschlaggestaltung und Layout: Eberhard Wolf
Projektleitung: Dirk Rumberg
Produktmanagement: Gabriella Hoffmann, Sabine Sternagel
Redaktion: Roswitha Budeus-Budde, Hilde Elisabeth Menzel
Satz: vmi, Manfred Zech
Herstellung: Hermann Weixler, Herbert Schiffers
Druck und Bindearbeiten: Ebner & Spiegel, Ulm
Printed in Germany
ISBN 10: 3-86615-131-4
ISBN 13: 978-3-86615-131-4

I.

Kann sein, wir sind jetzt über den Berg. Wir werden ja sehen, wie es läuft die nächste Zeit. Aber eigentlich sind wir alle ganz zuversichtlich.

Ich muss ziemlich früh anfangen mit unserer Geschichte. Vor eineinhalb Jahren ungefähr, als bei uns alles noch so war wie bei den meisten anderen Leuten auch. Damals war ich elf und Gussi drei, und Mama sagte schon länger, dass Gussi mit vier morgens in den Kindergarten könnte und sie dann, Gott sei Dank, wieder ein bisschen mehr Zeit für sich hätte.

„Prima", sagte Papa. „Das wird uns sicher allen zugute kommen."

„Was heißt das?", fragte Mama und ihre Stimme klang gereizt. „Hoffst du, dass ich dann mehr zum Putzen und Kochen komme? Meinst du, du hast dann plötzlich eine bessere Hausfrau im Haus?"

„Quatsch", sagte Papa und nahm Mama in den Arm. „Du bist mir recht so, wie du bist, Liebes!"

„Das ist ja reizend", sagte Mama und wand sich aus Papas Arm. Dann fing sie an mit lautem Geklirre den Frühstückstisch abzudecken.

Vielleicht wäre das Gespräch noch weitergegangen, aber dann war wieder irgendwas mit Gussi, er hatte einen Nagel in den Flurschrank gehämmert oder sich die Finger im Kipplaster geklemmt oder irgend etwas anderes, was drei-

jährige Jungen so machen. Jedenfalls war das Gespräch erst mal zu Ende.
In den nächsten Tagen hätte mir schon einiges an Mama auffallen können. Sie hörte manchmal nicht zu, wenn man mit ihr reden wollte, und dann waren meine Schuhe plötzlich nicht mehr geputzt. Es gibt natürlich Schuhe, da ist das ganz egal, aber ich hatte gerade neue Stiefel gekriegt, die mussten schon ein bisschen blank aussehen, und das sagte ich Mama auch.
„So", sagte Mama. „Wie gut, dass du selber zwei Hände hast, liebe Nele. Das Schuhputzzeug ist in der Diele."
Ein paar Tage später fing sie an mir Kartoffelschälen beizubringen. Und der arme Gussi sollte plötzlich lernen eine Schleife zu binden.
Sicherlich wären wir misstrauisch geworden, wenn das noch lange so gegangen wäre, aber dann rückte Mama von selbst mit der Sprache heraus.
„Ich möchte wieder arbeiten", sagte sie. Da saßen wir am Abendbrottisch, und Papa hatte gerade Mamas eingelegte Heringe gelobt. „So gut wie du macht das keiner", hatte er gesagt. Das sagte er immer.
„Du möchtest *was?*", fragte Papa jetzt und hörte auf, die Ananas zum Nachtisch zu schälen.
„Arbeiten", sagte Mama. „Ich-möchte-wieder-arbeiten." Man konnte sehen, dass sie regelrecht Schwierigkeiten hatte, das zu sagen. Um den Mund herum war sie ganz blass und ihre Hand mit der Gabel zitterte.
„Ja", sagte Papa. Er sah nachdenklich aus. Dann nickte er. „Klar. Wenn Gussi in den Kindergarten kommt – eine Halbtagsstelle, oder?"
„Keine Halbtagsstelle", sagte Mama. „Richtig arbeiten." Sie schluckte. „Du bist ja nachmittags zu Hause."
Das stimmte. Als Lehrer war Papa meistens um halb drei

zurück. Außer wenn Konferenzen waren natürlich, aber das war ja nicht so oft.
„Du weißt, dass ich da am Schreibtisch sitze“, sagte Papa. „Es ist ja nun nicht so, dass ich meine Nachmittage vertrödele!“ Er klang ärgerlich.
Dann legte er Mama die Hand auf den Arm. „Ich finde es gut, wenn du wieder arbeitest, Liebes. Aber geht es nicht erst mal nur vormittags? Nur ein paar Jahre, bis Gussi ein bisschen selbstständiger ist.“
Papa sagte das ganz lieb und es war ja auch vernünftig. Trotzdem schüttelte Mama den Kopf.
„Wir haben heute eine Höhle gebaut!“, sagte Gussi. „Unter der Kellertreppe!“
„Schön“, sagte Papa und gab Gussi ein Stück Ananas.
„Und warum nicht?“
Das war natürlich eine Frage an Mama.
Und da fing Mama an zu erzählen, und danach konnten wir ihr alle nur noch Recht geben. Bis auf Gussi natürlich, der verstand sowieso nichts.
Bis Gussi geboren war, hatte Mama immer gearbeitet. Bei der Rechtsabteilung der Baubehörde, wo sie nachprüfen, ob einer irgendwo ein Haus bauen darf oder eine Brücke oder ob im Gesetz etwas dagegensteht.
Eigentlich hatte Mama Richterin werden wollen am Jugendgericht, wo so Jungs hinkommen, die Autos geknackt oder einen Bruch im Elektrogeschäft gemacht haben. Das wäre bestimmt interessanter gewesen als immer nur zu überprüfen, ob ein Haus sieben Meter zwanzig breit sein darf. Aber dann hatte Mama Papa kennen gelernt, und schon war ich gekommen, und Mama hatte kein so gutes Examen mehr geschafft, weil sie nebenbei immer noch ihr Baby füttern und wickeln musste.

Da hatte sie eben die Stelle bei der Baubehörde genommen und die Arbeit hatte ihr sogar Spaß gemacht. Bis Gussi kam. Sie hatte aufgehört zu arbeiten, weil es ihr mit zwei Kindern doch zu viel geworden wäre.

Aber wenn sie jetzt noch länger wartete, sagte Mama, würde sie bald gar nicht mehr anfangen können. Dann hätte sie nämlich alles vergessen, und außerdem änderten sich die Arbeitsmethoden, und Angst hätte sie jetzt auch schon. Dann würde sie als dumme alte Frau zwischen lauter klugen jungen Männern sitzen, die alles besser wussten als sie.

Und das wollte Mama nicht.

„Jaja“, sagte Papa und spielte mit seinem Messer. Er sah nicht sehr glücklich aus. „Aber für die Kinder wäre es doch günstiger, wenn du noch ein paar Jahre warten könntest ...“

„Warten?“, sagte Mama und knallte ihre Tasse auf den Tisch. „Weißt du, wie alt ich bin?“

Das wusste Papa natürlich. Er war schließlich genauso alt. Und er wollte ja eigentlich auch gerne, dass Mama wieder arbeiten sollte. Er war eben nur überrascht wie ich auch. Wir hatten uns so daran gewöhnt, dass Mama immer da war und allen Kram erledigte.

„Aber“, sagte Papa nach einer Weile, „Ilse hat schon Recht. Wir müssen nur alle ein bisschen von unserer Bequemlichkeit aufgeben, dann könnte es klappen. In zwei, drei Jahren wäre es günstiger, aber so muss es auch gehen. Was meinst du, Nele?“

Ich sagte, das fände ich auch. Ich wusste ja noch nicht, was wir uns damit einhandelten. Und schließlich wollte ich später auch berufstätig sein. Da konnte ich schlecht von Mama erwarten, dass sie zu Hause blieb, nur damit ich meine Schuhe nicht selber putzen musste.

„Und du, Gussi?“, fragte Papa und gab Gussi das vierte Stück Ananas.
„Wir haben uns heute eine *Höhle* gebaut!“, sagte Gussi. „Hör doch mal zu!“

„Meine Mutter arbeitet bald wieder“, sagte ich zu Katta, als wir von der Schule nach Hause gingen.
„Na, danke schön“, sagte Katta. „Kriegst du dann einen Schlüssel um den Hals?“
Ich hätte ihr am liebsten eine geknallt.
„Ich find's gut“, sagte ich. „Mein Vater auch. Wir finden, dass Frauen auch ein Recht auf Leben haben.“
„Und bisher war deine Mutter tot?“, fragte Katta und kicherte. „Meine ist gern zu Hause. Sagt sie jedenfalls. Sie töpfert und strickt und mittags macht sie ihren Schönheitsschlaf. Vielleicht sollte deine Mutter das auch mal versuchen?“
Katta konnte ziemlich biestig sein.
„Arbeiten bringt natürlich mehr Geld, das ist logisch“, sagte Katta. Daran hatte ich noch gar nicht gedacht, aber Katta hatte Recht. Vielleicht würden wir uns ein Haus kaufen oder wenigstens öfter verreisen.
Es war schon gut, dass wir Mama erlaubt hatten zu arbeiten.

Aber damit war noch längst nicht alles geregelt. Das dachten wir nur. Wir hatten ja keine Ahnung, dass das Hauptproblem erst noch kommen sollte.
Nach einer Weile wurde Mama nämlich plötzlich wieder komisch. Zuerst hatte sie abends ab und zu an ihrem alten Schreibtisch im Kabuff gesessen und Stapel von Papieren durchgesehen. Im Kabuff standen außer Mamas Schreib-

tisch noch das Bügelbrett und der Staubsauger und die alte Nähmaschine von Oma. Und Sachen, von denen wir noch nicht genau wussten, ob wir sie wegschmeißen wollten: eine kaputte Wäschemangel, bei der die Reparatur nur vielleicht noch lohnte, und der Schlitten, auf dem schon Papa als Junge gefahren war, und so ein merkwürdiges Akkordeon, bei dem Luft aus dem Balg kam, aber keine Töne. Manche Sachen musste man schon stapeln.

Das richtige Arbeitszimmer hatte Papa.

„Das ist schon okay so", sagte Mama fröhlich und stellte die Sachen im Kabuff so aufeinander, dass um ihren Schreibtisch herum plötzlich viel mehr Platz war. „Schließlich habe ich ja dann meinen Hauptarbeitsplatz im Büro. Aber ein kleines Eckchen hätte ich hier auch gern."

Und sie wechselte die Glühbirne aus und wischte den Türrahmen ab und hängte ein Foto von Rom über ihren Schreibtisch. „Das beflügelt mich, wenn ich hochgucke", sagte sie. Sie sang beim Abwaschen und probierte tolle Kuchenrezepte aus, und zum ersten Mal, solange ich denken konnte, fuhr sie zu einem Friseur in der Innenstadt, der nicht bloß die Haare schnitt, sondern Frisuren entwarf, die die Persönlichkeit sichtbar machten. Was das bedeuten sollte, konnte man bei Mama nicht genau erkennen, aber sie sah trotzdem gut aus, bestimmt fünf Jahre jünger und ganz anders als sonst.

Und dann wurde sie wieder komisch. Sie sang nicht mehr beim Abwaschen und sie schnauzte Gussi an, wenn er beim Anziehen trödelte. Es gab keine tollen Kuchen mehr und das Mittagessen wurde richtig einfallslos. Sie hing stundenlang am Telefon, und wenn ich ins Zimmer kam, hörte sie auf zu reden. Einmal, als ich aus der Schule kam, dachte ich sogar, sie hätte geweint.

„Ist was, Mama?“, fragte ich.
„Was soll schon sein“, sagte Mama und stellte zum dritten Mal in dieser Woche Frikadellen auf den Tisch.
„Ich dachte ja nur“, sagte ich. „Du bist so – manchmal bist du so komisch.“
Mama starrte mich an, dass ich schon dachte, ich hätte irgendwas Schlimmes gesagt.
„Ach, Scheiße“, sagte sie und knallte die Bratpfanne ins Spülbecken.

Natürlich soll man eigentlich nicht lauschen, aber es gibt ja viele Dinge, die man nicht tun soll, und bei fast allen gibt es notwendige Ausnahmen. Soll man zum Beispiel nicht an der Tür horchen, wenn man abends um elf aufs Klo geht und im Wohnzimmer seine Mutter weinen hört? Sicherlich muss man zuerst feststellen, ob auch kein Irrtum vorliegt, weil es ja auch der Fernseher sein könnte. Aber dann muss man herauszukriegen versuchen, warum sie weint, vor allem, wenn man genau weiß, dass sie es freiwillig nie erzählen würde.
Und das wusste ich ja. Schließlich hatte Mama nur mit der Bratpfanne geknallt und Scheiße gesagt, als ich sie gefragt hatte. Ich musste lauschen, mir blieb gar keine Wahl.
„Liebes“, sagte Papa gerade. „Das ist doch kein Beinbruch! Wir räumen das Kabuff aus, der ganze Krempel kommt auf den Sperrmüll und schon haben wir ein Zimmer mehr. Wo zwei groß werden, kriegen wir auch noch ein drittes groß!“
Ich konnte Mama wieder weinen hören und dann sagte Papa: „Natürlich ist das bitter für dich, wo du dich schon darauf gefreut hattest, wieder arbeiten zu können. Aber wenn Nummer drei erst mal so alt ist wie Gussi jetzt, geht es doch auch noch!“

Mama schluchzte wieder und sagte etwas, und das klang mehr wütend als traurig, wenn ich die Worte auch nicht verstehen konnte. Aber es interessierte mich auch nicht. Ich schlich ganz leise zurück in mein Bett und passte auf, dass mein rechtes Knie nicht knackte. Das hätte mich leicht verraten können. Und ich musste jetzt erst mal meinen Schock verarbeiten.

Denn da gab es wohl kein Missverständnis: Mama war schwanger. Mama kriegte ein Baby.

Mama! In ihrem Alter!

Natürlich wusste ich, dass Frauen da noch Kinder kriegen können und eine ganze Weile später auch noch – aber man tat das einfach nicht. Das war irgendwie peinlich. Ich durfte gar nicht daran denken, wie es dazu gekommen war.

Ich steckte den Kopf unter die Bettdecke und versuchte zu schlafen.

Tatsächlich, mehr dachte ich nicht an diesem Abend: Nur, dass es peinlich war und was wohl meine Freunde sagen würden, vor allem Katta.

Dass sich unser Leben dadurch ändern würde, daran dachte ich nicht. So blöd war ich damals.

Am nächsten Tag sprachen Mama und Papa mit mir darüber. Noch nicht mit Gussi. Der war noch zu klein, und später reichte auch noch.

Es fiel mir schwer überrascht zu tun, aber das merkte keiner. Weil sie nämlich noch eine wichtige Neuigkeit hatten, und wie ich Katta das klar machen sollte, wusste ich nun überhaupt nicht mehr.

Papa wollte zu Hause bleiben und Mama sollte arbeiten! Als Lehrer konnte sich Papa nämlich gut für ein paar Jahre beurlauben lassen und den Haushalt führen und später trotzdem wieder arbeiten. Da gab es ein Gesetz. „Ich freue mich schon richtig darauf“, sagte Papa. „Es wird eine schöne Abwechslung sein. Für ein paar Jahre eine neue Erfahrung.“

„Na“, sagte Mama und sah ihn komisch von der Seite an.

„Doch, doch“, sagte Papa. „Die Schule macht mir zwar Spaß, aber viel Neues kann sie mir nach all den Jahren nicht mehr bringen. Aber Hausmann – die Erfahrung macht nicht jeder.“

„Solange du mir hinterher keine Vorwürfe machst“, sagte Mama und rieb ihre Wange an Papas Schulter.

Dann ging Papa ans Telefon, um ein paar Kollegen die Neuigkeit mitzuteilen, und Mama ging ins Badezimmer, Pullover waschen.

Und ich setzte mich auf meine Matratze und hörte Kassetten über Kopfhörer, um mir darüber klar zu werden, wie ich das Ganze fand. Aber das Einzige, was mir einfiel, war, dass in der Klasse viele lachen würden. Richtig vorstellen konnte ich mir die Veränderung eben noch nicht. Und zum Glück war es ja auch noch lange hin.

Ich setzte mich lieber an die Matheaufgaben.

II.

Nun könnte man ja denken, dass sich in den nächsten Monaten schon einiges bei uns geändert hätte. Dass Papa vielleicht mal beim Bügeln geholfen hätte, um zu lernen, wie das geht, oder alle vierzehn Tage das Treppenhaus geputzt oder die Fußleisten abgewischt oder gekocht oder was weiß ich. Aber das tat Papa nicht. „Das kommt noch früh genug auf mich zu“, sagte er und korrigierte seine Klassenarbeiten und ging zu Gewerkschaftssitzungen und zum Tennis und hatte überhaupt viel zu tun.

Manchmal versuchte Mama ihm Sachen zu erklären. Wie man Fenster putzt, zum Beispiel, oder leichtere Flickarbeiten mit der Nähmaschine macht, aber Papa nahm sie dann nur in den Arm und gab ihr einen Kuss. „Meinst du nicht, ich kriege das nachher hin, auch ohne viel Brimborium vorher?“, fragte Papa.

„Das meine ich eben nicht“, sagte Mama und machte sich los. „So ein Haushalt ist keineswegs so einfach, wie ihr Männer euch das offenbar denkt, glaub mir.“

„Dann lass mich doch meine eigenen Erfahrungen machen, Liebes“, sagte Papa. Man sah ihm richtig an, dass er Mamas Bedenken albern fand. Vermutlich war er der Meinung, dass er das bisschen Kochen und Saubermachen mit links erledigen würde. Wie diese Hausfrauen in der Werbung immer, bei denen alles blitzt und blinkt, und sie selber haben das schönste Make-up im Gesicht und sehen aus wie nach drei Wochen Urlaub. Wahrscheinlich dachte Papa damals, dass es bei ihm mehr wie bei diesen Frauen sein würde, nicht so wie bei Mama, die sich Make-up nur zum Ausgehen ins Gesicht schmierte und bei der die Wohnung trotzdem nie so richtig glänzte.

„Und was macht mein Sohn?“, fragte Papa dann, weil man sehen konnte, dass Mama sich über seine Antworten geärgert hatte.

„Es wird ein Mädchen“, sagte Mama.

„Ha!“, sagte Papa und gab dem Bauch einen kleinen Klaps. „Dieses Kind werde *ich* großziehen, und da kann ich doch wohl bestimmen, was es werden soll. Es wird ein Junge.“ Und dann knuddelte er Mama und gab ihr einen Kuss.

Sie konnten ganz gut albern sein, damals. Ich glaube, sie freuten sich beide auf das, was da neu auf sie zukam, Mama auf ihre Arbeit und Papa auf das Baby und die Tage zu Hause. Jedenfalls sagte er manchmal, dass es ihm vorkäme wie ein einziger langer Urlaub, und Mama sah ihn dann immer so von der Seite an, dass man merkte, sie hielt ihn zumindest für ein bisschen naiv.

Aber einen Säuglingspflegekurs machte Papa mit, jeden Dienstagabend und ganz allein. Mama hatte gesagt, sie hätte schon genug Säuglinge gepflegt, vielen Dank, und sie könnte sich nicht vorstellen, dass es da für sie noch etwas Neues zu lernen gäbe. Und außerdem hätte ja auch Papa vor, diesen zukünftigen Säugling zu pflegen. Mittwochs beim Essen erzählte uns Papa dann immer von seinem Kurs.

„Habt ihr gewusst, dass es geradezu schädlich ist, wenn man vor dem fünften Monat mit dem Zufüttern anfängt?“, fragte er dann oder: „Es ist tatsächlich ein Irrglaube, dass ein Baby jeden Tag gebadet werden muss, wusstest du das, Ilse?“

Mama nickte dann meistens und sagte, das eine oder andere über Säuglingspflege wäre ihr durchaus bekannt. „Und was hältst du davon, wenn wir statt Wegwerfwindeln Stoffwindeln nehmen?“, fragte Papa. „Es ist gesünder für die Babyhaut.“
Mama sagte, sie wäre mit allem einverstanden, solange Papa die fünf bis sechs bis sieben Windeln täglich dann auch waschen würde. Danach redete Papa nicht mehr davon.
„Man sollte nicht denken, dass der Mann schon zwei Säuglinge gehabt hat“, sagte Mama einmal zu mir, als wir gemeinsam beim Abwaschen waren. „Als ob ich ihm nicht all diese Geschichten erzählt hätte, als ihr klein wart. Aber wahrscheinlich hat er dabei die ganze Zeit an die nächste Unterrichtseinheit in der neunten Klasse gedacht und überhaupt nicht richtig zugehört.“
Trotzdem fand Mama, dass Papa niedlich war, wie er sich so für Säuglingspflege begeistern konnte. Ich wusste nicht so recht, was daran niedlich sein sollte. Aber ich hörte Papa mittwochs beim Mittagessen immer gerne zu.

Und dann kam Jakob.
„Habe ich es euch nicht gesagt“, sagte Papa triumphierend. „Es ist ein Junge. Wenn mir dieses Kind auch weiterhin so gehorcht, werden wir schon gut miteinander auskommen.“
Jakob war bestimmt kein besonderes Baby. Er war ziemlich schrumplig und in den ersten Tagen hatte er so einen grässlichen Ausschlag im Gesicht, dass ich ihn überhaupt nicht anfassen mochte.
Aber Papa fand ihn fantastisch.
„Du wirst der Mann der Zukunft“, sagte er und hängte sich das schreiende Bündel über die Schulter. „Durchsetzungs-

stark – und trotzdem sensibel. Durch meine Erziehung, ihr Lieben!“

Mama hielt währenddessen Gussi auf ihrem Bett im Arm und guckte sich mit ihm gemeinsam seine Schatzsammlung an. Vor allem zwei Kabelreste, die er von den Arbeitern auf einer Baustelle gekriegt hatte.

„Da fließt der Strom durch“, sagte Gussi und tippte mit dem Finger gegen den Kupferdraht, der aus dem Plastikmantel heraussah. „Nicht jetzt, du! Das muss angeschlossen werden. Und dann, peng!, kriegst du einen Schlag“, sagte Gussi zufrieden und nahm Mama die Kabel wieder weg. „Die sind ganz schön gefährlich.“

Und ich saß auf einem Stuhl daneben und langweilte mich. Irgendwie war ich überflüssig. Drei Kinder sind einfach zu viel für nur zwei Eltern.

Die erste Zeit mit Jakob war noch Mama zu Hause, aber Papa fütterte Jakob und wickelte ihn, und am Wochenende stand er sogar nachts auf, damit Mama ausschlafen konnte.

„Mein Sohn soll sich gleich an mich gewöhnen“, sagte Papa und trug stolz in eine Tabelle ein, wie viel Jakob in der letzten Woche zugenommen hatte.

Eines Tages war die Tabelle weg.

„Das gibt's doch nicht!“, sagte Papa. „Hier hat sie gehangen, neben der Wickelkommode, und jetzt ist sie verschwunden. Von alleine jedenfalls nicht“, und dabei sah er erst mich an und dann Gussi.

„Ist doch nicht so wichtig“, sagte Mama und fuhr Gussi über den Kopf. „Der Jakob wächst, auch ohne dass wir ihn ständig messen und wiegen.“

„Aber ich hätte gerne einen Überblick“, sagte Papa. „Und dazu brauche ich die Tabelle.“ Er sah noch einmal Gussi

an und der guckte trotzig und ging in sein Zimmer. Als er wiederkam, hatte er die Tabelle in der Hand. Sie war ganz zerknüllt.
„Da!“, sagte er und schmiss sie vor Papa auf den Boden. „Olles Ding!“
Da nahm Mama den großen Gussi auf den Arm und trug ihn ins Badezimmer auf die Personenwaage. Dann gingen sie ins Kabuff, und Mama malte einen roten Rand um einen Zettel und schrieb „Gussi“ darauf, und darunter schrieb sie, wie viel er gewogen hatte und das Datum. Dann durfte Gussi den Zettel mit Tesafilm an seine Zimmertür kleben.
„Jetzt hab ich man auch einen Wiegeüberblick und du man nicht, ätsch, alte Trine“, sagte er zu mir.
„Selber ätsch“, sagte ich. Als ob ein Säugling in der Familie nicht genug wäre.

Dann kamen die Sommerferien und wir fuhren alle fünf in ein Haus nach Dänemark. Mama und Papa teilten sich die Arbeit gerecht, obwohl Gussi und ich natürlich auch mithelfen mussten. Meistens hatten wir schönes Wetter, und Jakob konnte plötzlich lächeln. Papa hatte ein Kochbuch mitgenommen und kochte viel tollere Sachen als Mama. Allmählich konnte ich mir vorstellen, dass es mit Papa zu Hause gar nicht so schlecht sein würde. Dachte ich.
Aber als die Sommerferien zu Ende waren, kam es anders. Und außerdem trat sozusagen Oliver in mein Leben. Und zwar gleich in der ersten Englischstunde.
Da musste nämlich immer ein Schüler eine Frage stellen und selbst bestimmen, wer die Antwort geben sollte, und der stellte dann auch die nächste Frage, und so immer weiter. Das ist eigentlich gar nicht so blöde, jedenfalls besser, als wenn immer nur der Lehrer fragt. Aber es hat seine Tü-

cken. Der Senger in Englisch verlangt nämlich immer, dass jeder Junge ein Mädchen drannimmt und jedes Mädchen einen Jungen, und dabei muss man natürlich heidenmäßig aufpassen, dass man keinen Jungen aufruft, den man gern mag oder von dem die anderen denken könnten, dass man ihn gern mag, weil sie sonst behaupten, man ist ein Liebespaar. Und den total blöden Ulrich kann man auch nicht drannehmen, weil der das ganze Gesicht voller ekliger Pickel hat und keiner neben ihm sitzen will. Nachher ziehen sie einen mit *dem* auf, obwohl natürlich kein Mensch im Ernst glauben würde, dass irgendwer Ulrich liebt.

Jedenfalls bleiben immer gar nicht so viele, die man aufrufen kann, obwohl wir zweiunddreißig Schüler in der Klasse sind.

Ich wollte mich zuerst gar nicht melden, als Oliver eine Frage stellte. Aber seine Frage war wirklich leicht, und da dachte ich an mein letztes Zeugnis und fand, dass der Senger wenigstens meinen Finger in der Luft sehen sollte.

Oliver nahm mich tatsächlich dran.

„Cornelia“, sagte er und hatte ein ganz ernstes Gesicht dabei. Ich sah plötzlich, dass er seine Haare ganz anders hatte als vor den Ferien, und braun gebrannt war er auch. Das sah gut aus, so braun und so ein ernstes Gesicht. Beinah traurig. Schwermütig eben. Und mich hatte er drangenommen. Mein Magen oder mein Herz oder jedenfalls irgendwas in mir drin fühlte sich komisch an. Unbekannt. Aber nicht schlecht.

„Cornelia!“, sagte jetzt auch Herr Senger, und ich musste antworten, und dann musste ich auch gleich noch die nächste Frage stellen. Vor lauter komischem Gefühl vergaß ich alle Vorsicht und rief mehr in Gedanken Ulrich auf.

Ich kriegte gar nicht so richtig mit, wie die anderen kicher-

ten, weil ich plötzlich darüber nachdenken musste, warum Oliver ausgerechnet mich aufgerufen hatte.
Das konnte verschiedene Gründe haben, und für den Rest der Englischstunde machte ich unter dem Tisch Fragezeichen und strich sie wieder durch. Lieber hätte ich Herzen gemalt, aber das hätte Katta sehen können und womöglich hätte sie Fragen gestellt.
Vielleicht hatte Oliver es genauso gemacht wie ich. Dann hatte er mich aufgerufen, weil er sich überhaupt nicht und absolut null für mich interessierte und sich sicher war, es käme auch kein anderer auf die Idee. Aber hätte er mich dann mit so einem ernsten Gesicht aufgerufen? So geradezu schwermütig? Das konnte ich mir nicht vorstellen. Und sowieso fand ich diese Möglichkeit unsympathisch. Es konnte ihm natürlich auch einfach nur so herausgerutscht sein wie mir das mit Ulrich, und den Gedanken fand ich noch viel weniger sympathisch. Aber auch unwahrscheinlich. Das ganze Gesicht voller Pickel hatte ich schließlich nicht.
Aber dann gab es ja noch eine dritte Möglichkeit. Und über die musste ich so nachgrübeln, dass ich überhaupt nicht hörte, wie Herr Senger sagte, wir sollten die Übung jetzt noch mal schriftlich machen. Weshalb Herr Senger mir mitteilte, dass diese Stunde Englisch hieß und nicht Träumen. Leider sagte er das auf Englisch, sodass ich ihn zweimal nicht verstand. Beim dritten Mal lachte die ganze Klasse, obwohl der Satz ja nun wirklich nicht besonders witzig war. Aber Herr Senger freute sich über seinen Erfolg und ließ mich wieder in Frieden. Und ich dachte weiter über diese dritte Möglichkeit nach, und die hieß: Oliver hatte mich aufgerufen, weil er mich gut fand. Das konnte doch sein: Oliver fand mich gut.

In Mathe konnte ich mir nicht erlauben, weiter daran zu denken, weil da jede Sekunde zählt. Und anschließend hatten wir zum ersten Mal im Leben Physik, und das war spannend. Obwohl ich natürlich genau wusste, dass ich zu Anfang jedes neue Fach toll und spannend finde. Aber ich hoffe immer wieder, bei irgendeinem Fach könnte es auch so bleiben.
In Physik dachte ich also auch nicht sehr viel an Oliver.

Das tat ich erst wieder, als ich nach der Schule mit Katta nach Hause schob. Eigentlich fahren wir beide mit dem Fahrrad, aber meistens gibt es so viel zu bereden, dass wir lieber schieben.
„Und wie ist es jetzt so, wo dein Vater zu Hause ist?“, fragte Katta.
„Danke“, sagte ich und wackelte an der Handbremse. Erstens konnte ich noch nicht so viel darüber sagen, weil es ja gerade erst anfing, und zweitens wollte ich jetzt lieber über Oliver reden. Aber vorsichtig. Dass Katta nichts merkte von meinem Herzen und meinem Magen und den ganzen komischen Gefühlen.
„Kann er kochen?“, fragte Katta.
„Wer?“, sagte ich. Wenn einen einer drannimmt und dazu so ernst guckt, das muss doch etwas bedeuten.
„Ich werde rasend“, sagte Katta. „Ein tolles Gespräch wieder mit dir heute Mittag.“
Aber mir fiel einfach nicht ein, wie ich das Gespräch ganz unauffällig auf Oliver lenken konnte, und da fing Katta an, von ihrem Urlaub zu erzählen, von der Safari-Reise durch Kenia und dem Badeabstecher an die Küste, und was für ein Glück sie gehabt hatten, dass ausgerechnet im Bungalow neben ihnen diese wirklich starke englische Familie

gewohnt hatte, unheimlich nett alle und absolute Traummänner.
Und ich konnte nur staunen, was Katta alles über Iain zu berichten wusste, den ältesten Sohn und schon sechzehn. Zum Beispiel hatte er mindestens drei verschiedene Badehosen mitgehabt, die alle unwahrscheinlich gut zu seinem total gebräunten Körper gepasst hatten. Aber auch zu den maisblonden Haaren und seinen Augen, die so ein strahlendes Blau hatten, irgendwo in der Mitte zwischen Robert Redford und Paul Newman.
Es wunderte mich nicht, dass Katta wieder so einen Jungen getroffen hatte. In den Frühjahrsferien hatte sie mit ihren Eltern eine Mittelmeerkreuzfahrt gemacht und da hatte sie einen Amerikaner kennen gelernt, der Hosiah hieß, aber erst vierzehn war, und noch drei Wochen nach den Ferien malte Katta Herzen in ihr Matheheft, in die sie „H & K“ schrieb. Und ein paar andere Mädchen machten es nach und schrieben auch „H & K“, weil sie selbst keinen Freund hatten, oder sie schrieben „H“ und ihren eigenen Anfangsbuchstaben, aus demselben Grund.
Aber gegen Iain war Hosiah nur noch lächerlich und mit vierzehn Jahren praktisch sowieso noch ein Kind. Was Katta mit zwölf natürlich nicht mehr war, und überhaupt sind Mädchen bekanntermaßen weiter als Jungs, sagte Katta.
„Klar“, sagte ich. Aber ich merkte, wie langsam eine Wut in mir aufkam auf Katta, die redete und redete, und ich hatte noch nicht einen Mucks über Oliver gesagt.
Katta erzählte inzwischen von Schnorchelausflügen in eine kleine Bucht, wo sie im Sand gelegen hatten, damit die Sonne sie trocknen konnte, „und du kannst dir vorstellen“, sagte Katta, „was da los war.“ Sie kicherte ein bisschen, und ich hätte gern nein gesagt, damit sie sich ärgern sollte, aber

ich hatte Angst, sie würde mich dann für kindisch und naiv halten. Also kicherte ich auch und sagte „Logisch!“, und dabei hatte ich wirklich keine Ahnung, was sie mit ihrer Andeutung sagen wollte, ob sie sich geküsst hatten oder in den Armen gelegen oder womöglich sogar noch mehr.
Und ich war sogar noch so blöd, dass ich sagte: „Und jetzt fehlt er dir sicher fürchterlich“, damit sie denken sollte, ich hätte schrecklich viel Verständnis und Einfühlungsvermögen, und so gab ich ihr natürlich die Möglichkeit, bis zur Kreuzung weiter von ihrem Iain zu reden.
„Also dann“, sagte Katta, als wir an der Kreuzung auf unsere Räder stiegen, um in verschiedenen Richtungen nach Hause zu fahren. „Vielleicht hat er schon geschrieben!“
„Hoffentlich“, sagte ich, und dann trat ich so kräftig in die Pedale, dass ich bestimmt einen neuen Streckenrekord aufstellte, und ich dachte darüber nach, wieso ich mit dem festen Vorsatz an dieses Gespräch gegangen war, über Oliver zu reden, und dann hatte nur Katta von ihrem englischen Iain erzählt. Aber in Wirklichkeit war mir der Grund längst klar. Katta hatte einfach keine Angst, dass ich über sie lachen könnte. Katta sah aus wie ein Fotomodell, fast wie für eine Titelseite, und der Gedanke, dass jemand nicht an ihre Liebesgeschichten glauben und sie für eine Aufschneiderin halten könnte, kam ihr überhaupt nicht.
Aber ich sah keineswegs aus wie ein Fotomodell, und mein Busen brauchte noch nicht einmal im Sportunterricht einen BH, und leichte O-Beine hatte ich auch, wenn auch nur ganz leichte, und irgendwie saßen meine Haare auch nie so wie in den Zeitschriftenfrisurenvorschlägen. Und mein Gesicht war auch ganz klar zu rund und meine Nägel nicht gepflegt und überhaupt musste ein Junge wahnsinnig sein, wenn er sich in mich verliebte.

Aber Oliver war eben nicht wahnsinnig. Nicht mal ansatzweise. Oliver sah so aus, dass er jedes Mädchen auf der Welt haben konnte. Bloß war mir das früher nie so aufgefallen. Es war nur ein Glück, dass ich Katta nicht gefragt hatte, ob sie glaubte, Oliver könnte mich gut finden. Sie hätte sich scheckig gelacht.

III.

Zu Hause herrschte das Chaos. Papa pendelte den Flur entlang mit Jakob über der Schulter, der erbärmlich schrie und nicht schlafen wollte, und hinter ihm rannte Gussi und rief: „Ich geh da nicht wieder hin, du! Ich geh da nicht wieder hin, du!"

„Hast du keinen Schlüssel?", fragte Papa, weil ich geklingelt hatte. „Ab heute wird wenigstens das mal eingeführt! In deinem Alter kann man das wohl verlangen! Als ob ich mit den beiden Kleinen nicht genug am Hals hätte! Da muss ich nicht auch noch Türöffner spielen!" „Ich geh da nicht wieder hin, hörst du das!", rief Gussi und drängelte sich zwischen Papas Beine.

„Himmel, Arsch und ...!", schrie Papa.

Am lautesten schrie Jakob.

Da nahm ich ihn Papa einfach weg und hängte ihn mir über die Schulter und summte „Reach out", weil ich das sowieso nur summen kann und den Text nicht verstehe, und Jakob schien das auch zu genügen, weil er schon nach einem Mal Durchsummen nicht mehr schrie und beim zweiten Mal ganz schlaff da hing und eingeschlafen war.

Ich legte ihn in sein Bett und ging in die Küche. Da stand Papa mit einer Schürze vor dem Bauch und ungefähr sämtlichen Töpfen um sich herum, ganz zu schweigen von Rührbesen, Kochlöffeln und Schöpfkellen.

„Tut mir Leid, Nele, mein Mädchen", sagte er und umarmte

mich mit abgespreizten Händen, weil seine Finger voll Mehl waren. „Ich wollte dich vorhin nicht so anfahren, aber es ist einfach alles über mir zusammengeschlagen."

„Macht doch nichts", sagte ich. Mama hatte mich schon darauf vorbereitet, dass es so werden könnte.

„Du musst ihm ein bisschen helfen, Nele", hatte sie gesagt. „Er weiß nämlich noch gar nicht, auf was er sich da eingelassen hat."

Das hatte mich ein bisschen gewundert, weil Papa schließlich jeden Tag gesehen hatte, was Mama tat, und in den Ferien hatten sie die Arbeit sogar gerecht geteilt. Aber vielleicht war es jetzt doch etwas anderes.

„Das Essen dauert leider auch noch", sagte Papa und nahm den Deckel von einem mittleren Topf. „Das Fleisch braucht bei eineinhalb Zentimeter Dicke eineinhalb Stunden, aber weil ich Gussi vom Kindergarten abholen musste, konnte ich es nicht rechtzeitig aufsetzen. Und für die Soße hat mir Kurkuma gefehlt, aber das habe ich durch Curry ersetzt, ich hoffe, das geht auch."

„Klar", sagte ich. Ich hatte keine Ahnung, was Kurkuma war. Aber Curry kannte ich und ich wollte Papa auch beruhigen.

„Und dann", sagte Papa, während er drei Tassen Reis und sieben Tassen Wasser in einen Topf tat, „musste ich Jakob seine Flasche machen, und du hast ja gesehen, er wollte und wollte nicht schlafen."

„Ja", sagte ich. Papa redete sonst nie so viel.

„Das ist die Umstellung", sagte Papa und stellte den Reistopf auf den Herd. „Jakob merkt das. Und dass ich noch unsicher und aufgeregt bin."

„Ist doch klar", sagte ich. Und ich dachte, ein Glück, dass Katta das hier nicht erlebt. Die würde mir gleich wieder erzählen, wie geordnet es bei ihnen zugeht und dass ihre Mut-

ter sogar noch Zeit hat für einen Kurs an der Volkshochschule über orientalische Kulturen.
Papa fing an den Tisch zu decken.
„Du hättest ja auch einfach nur eine Dose aufmachen können", sagte ich vorsichtig. Das hatte Mama manchmal getan.
„Grenzenlos ungesund", hatte sie dann gesagt. „Keine Vitamine, kaum Mineralien, alles verkocht, dafür viel Chemie. Guten Appetit."
Aber wenn sie keine Zeit für etwas anderes gehabt hatte, hatte es schon mal Ravioli gegeben. Oder fertiges Nasigoreng. Vielleicht sollte Papa erst mal so anfangen. Er konnte sich ja dann später steigern.
„Nee, nee, meine Liebe", sagte Papa und schleckte einen Teelöffel ab, mit dem er in der Soße gerührt hatte. „Ich will euch gesund ernähren. Ich habe mir einen Wochenplan gemacht und an den halte ich mich."
„Wo ist überhaupt Gussi?", fragte ich.
„Keine Ahnung", sagte Papa. „Wahrscheinlich im Kinderzimmer. Er hat schon die ganze Zeit seit dem Kindergarten Zirkus gemacht." Und er verteilte ein paar Salatblätter dekorativ in unserer großen Salatschüssel.
Da ging ich ins Kinderzimmer, Gussi suchen. Der saß auf seinem Bett und hatte die Pfote von seinem Carlos-Affen im Mund und nuckelte still vor sich hin.
„Na, Großer", sagte ich. Wenn Gussi an der Pfote nuckelte, war irgend etwas nicht in Ordnung. Und wenn er so lange nuckelte, wie er jetzt offenbar genuckelt hatte, musste es schon ziemlich in Unordnung sein.
„Ich geh da nicht mehr hin!", sagte Gussi, nachdem er die Pfote aus dem Mund genommen und den Carlos auf den Boden geschmissen hatte. „Da ist es doof!"

Und jetzt erst fiel mir ein, dass Gussi ja heute seinen ersten Tag im Kindergarten gehabt hatte. So ganz einfach war das bestimmt auch nicht, wenn man erst vier Jahre alt war.
„Und was ist da doof?“, fragte ich. Am liebsten hätte ich Gussi auf den Schoß genommen. Aber das ließ er sich von mir nicht mehr gefallen.
„Die sind *alle* doof da!“, sagte Gussi und sammelte schon wieder den Carlos-Affen auf.
„Ja, aber *warum*, Gussi?“, fragte ich. Manchmal fand ich es schwierig, bei Gussi freundlich und geduldig zu bleiben.
„Man muss im *Kreis* stehen!“, sagte Gussi. „Und mit den Händen schaukeln! So!“ Und er schwang seine Arme wild nach vorne und wieder zurück.
„Und was ist daran so schlimm?“, fragte ich. Obwohl ich es auch ziemlich blöd fand. Ich konnte mir nicht vorstellen, dass irgendein vernünftiger Mensch dazu Lust hatte, im Kreis mit den Händen zu schaukeln.
„Weil es *doof* ist!“, sagte Gussi und steckte sich wieder die Pfote in den Mund.
„Essen ist fertig!“, rief Papa aus der Küche.
„Komm, Gussi“, sagte ich. Gussi nahm seinen Carlos-Affen und trug ihn vor sich her in die Küche.
Das Essen sah fantastisch aus. Viel toller als alles, was Mama an einem gewöhnlichen Wochentag auf den Tisch brachte.
„Lecker“, sagte ich. Schließlich musste man Papa helfen sein Haushalts-Selbstbewusstsein aufzubauen.
Da fing Jakob an zu brüllen.
„Nein, nein, *nein!*“, sagte Papa und schmiss den Löffel in den Reis. „Wenigstens in Frieden essen wird man ja wohl noch können!“
Aber er stand doch auf, um Jakob aus seinem Bett zu holen.

Ich manschte den Reis unter die Soße, bis es einen gleichmäßigen gelben Brei auf meinem Teller gab.
Dann malte ich mit meiner Gabel ein großes „O“ hinein.

Als Mama nach Hause kam, sah es in der Wohnung ziemlich unbeschreiblich aus.
Papa war nach dem Essen mit dem Kinderwagen zum Einkaufen gefahren, damit Jakob frische Luft bekam und noch ein bisschen schlief. Ich hatte das klebrige Geschirr unter den Wasserhahn gehalten, aber vor dem richtigen Abwasch grauste mir zu doll und deshalb ließ ich anschließend alles stehen. Dann machte ich meine Hausaufgaben, jedenfalls den größten Teil, und versuchte, dabei nicht zu sehr an Oliver zu denken, und dann spielte ich Memory mit Gussi, damit er nicht mehr dasitzen und an der Pfote nuckeln sollte.
Als Papa wieder zurück war, nahm er Mengen von Wäsche von der Leine, tat Kochwäsche in die Maschine und fing an zu bügeln.
Und dann kam also Mama.
„Na, ihr Lieben?“, sagte sie und stellte ihre Handtasche mit Schwung auf die Flurkommode. „Hattet ihr einen schönen Tag?“
Mama sah gut aus, vergnügt und immer noch voller Energie. Sie blieb auch vergnügt, als sie die Küche sah mit all dem schmutzigen Geschirr und den klebrigen Flecken auf dem Boden. Sie gab Papa einen Kuss und sagte „Mein Armer“, und dann legte sie Jakob auf eine Decke auf den Boden. Sie nahm sich eine Schürze und Spülmittel und drückte mir ein Küchenhandtuch in die Hand. „War's schwierig?“, fragte sie und fing an das Mittagsgeschirr abzuwaschen. Das Frühstücksgeschirr stand dahinter.

„Es ging, danke“, sagte Papa. Er sagte es irgendwie mürrisch und hatte das Bügeleisen noch in der Hand. „Das ist mir jetzt aber gar nicht recht, dass du das machst“, sagte er. „Die Zeit war einfach zu kurz, um alles zu schaffen.“

„Natürlich“, sagte Mama. „Gerade zu Anfang. Später kriegst du das schon auf die Reihe“, und dabei wirbelte sie mit der Bürste im Wasser herum.

Man konnte sehen, dass Papa unzufrieden war, und ich konnte ihn sogar verstehen. Er hatte den ganzen Tag ohne Pause gearbeitet, und trotzdem musste Mama den Eindruck haben, dass er nichts getan hatte, so wie es jetzt in der Küche aussah.

„Es gab ein tolles Mittagessen“, sagte ich deshalb schnell. „Reis und Rindfleisch und Currysoße und Salat.“

„Das merkt man an den Töpfen“, sagte Mama nur und wusch weiter ab.

Da drehte Papa sich um und ging wieder ins Wohnzimmer zu seinem Bügelbrett.

Im Bett konnte ich mich gar nicht richtig auf mein Einschlafbuch konzentrieren. Ich stellte mir vor, Katta würde mich am nächsten Tag wieder fragen, wie es denn bei uns liefe – was könnte ich sagen? Dass ich den ganzen Nachmittag nicht eine Sekunde Freizeit für mich gehabt hatte, zum Beispiel. Dass ich nicht einmal dazu gekommen war, darüber nachzudenken, warum heute in der Englischstunde – aber das würde ich ihr sowieso nicht sagen. Und das andere auch nicht. Katta war ohnehin dagegen, dass Frauen mit Kindern berufstätig waren. Und dass Männer den Haushalt machten, fand sie absolut affig. Wahrscheinlich fanden das die meisten anderen in meiner Klasse auch. Ich konnte unmöglich die Wahrheit erzählen. Ausjammern ging da eben nicht. Wenn Katta noch mal fragte, würde ich ihr erzählen, wie toll Papa kochte. Das stimmte sogar.

„Na, Nele, zarte Seele?“, sagte Mama und steckte den Kopf durch die Tür. „Nicht mehr zu lange lesen, hörst du?“

Ich nickte.

„Es wird schon“, sagte Mama und setzte sich doch noch auf mein Bett. „Es war doch klar, dass es zu Anfang Probleme geben würde. Und für dich ist es bestimmt auch nicht ganz einfach. Aber wir müssen Papa jetzt beide unterstützen“, sagte Mama. „Die Umstellung ist ja für ihn viel schwieriger als für uns alle.“

Ich nickte wieder. „Es ist wegen Gussi“, sagte ich. Das sollte Mama doch besser wissen.

Mama sah plötzlich ziemlich bekümmert aus. „Ich weiß“, sagte sie. „Für Gussi ist es schon schwierig genug, dass Jakob plötzlich da ist. Und jetzt auch noch der Kindergarten und die ganze andere Umstellung.“

Dann stand sie auf.

„Schlaf gut, Nele-Seele“, sagte sie. „Ich halte uns für so eine nette Familie, dass wir es schaffen können. Wenn auch mit Ächzen und Wehklagen.“

Ich machte die Augen zu. In der Nacht träumte ich, dass Oliver in unserer Küche an der Carlos-Pfote nuckelte. Mehr habe ich von dem Traum nicht behalten. Aber das schadet nichts.

IV.

Am nächsten Morgen weckte mich Mama um Viertel vor sieben. Da war sie aus dem Badezimmer, und ich durfte mich fertig machen.
Aus der Küche hörte ich das Radio und das Knattern der Kaffeemaschine und irgendwann würde der Eierkocher pfeifen. Es war genauso wie sonst auch, nur dass jetzt Mama aus dem Badezimmer kam und in der Küche Papa im Bademantel die Schulbrote strich. Es würde schon alles werden.
Unter der Dusche beschloss ich, mir die Haare so zu föhnen wie Katta. So schwierig konnte das schließlich nicht sein. Gel hatten wir keines, aber ich nahm Föhnfestiger, und dann bearbeitete ich Strähne für Strähne. Zwischendurch musste ich das Haar manchmal wieder anfeuchten, weil es an irgendeiner Stelle nicht so optimal saß, aber anschließend war ich mit dem Ergebnis zufrieden. Das hätte ich ruhig früher schon so machen können. Die Viertelstunde jeden Morgen konnte ich beim Frühstück einsparen.
Mama hatte schon ihren Mantel an und lehnte an der Wohnungstür. In der linken Hand hielt sie ein Marmeladenbrot, in der rechten den Autoschlüssel.
„Wir dachten schon, du wärst ihn Ohnmacht gefallen dadrin“, sagte sie und leckte sich nach dem letzten Bissen die Finger ab. Dann tippte sie gegen meine Frisur.
„Ein neues Image?“, fragte sie und machte die Tür auf. „Bis heute Abend, ihr Lieben!“

Ich ging in die Küche.
„Grundgütiger Himmel!“, sagte Papa und starrte auf meinen Kopf. „Und das bei meiner Tochter.“
„Gefällt dir nicht?“, fragte ich. Das Gute an Papa war eigentlich, dass es ihm egal war, wie man herumlief.
„Willst du meine ehrliche Meinung?“, fragte Papa und belegte mein Schulbrot dick mit Käse.
Ich schüttelte den Kopf.
„Ein Trost bleibt“, sagte Papa. „Nach der Radfahrt zur Schule wird von der ganzen Pracht nicht mehr viel übrig sein. Jedenfalls bei diesem Wind.“
Daran hatte ich überhaupt noch nicht gedacht. Ich würde in Zukunft wie Katta zehn Minuten früher in der Schule sein müssen, um im Mädchenklo vor dem Spiegel Zeit für Instandsetzungsarbeiten zu haben. Schönheit bedeutete früher aufstehen.
„Musst du nicht Gussi wecken?“, fragte ich.
Papa nickte. Er wickelte das Brot in Pergamentpapier, weil wir bei uns zu Hause aus Umweltgründen gegen diese praktischen kleinen Plastiktüten sind, und ging in Gussis Zimmer. Ich schenkte mir Kaffee nach.
Dann hörte ich Stimmen. Papa schrie und dann hörte ich Gussi und dann wieder Papa und dann weinte Gussi. Ich steh morgens auch nicht gerne auf, darum wunderten mich die Geräusche nicht. Wahrscheinlich wollte Gussi noch weiterschlafen, dachte ich. Und Papa rüttelte ihn und versuchte ihn wach zu kriegen. Ich aß mit gutem Appetit.
Dann stand Papa in der Tür. Er hatte einen verstörten Gesichtsausdruck und über seinem Arm hing ein Bündel Bettwäsche. Da wäre dieser schwache, aber bekannte Geruch schon gar nicht mehr nötig gewesen, damit ich wusste: Gussi hatte ins Bett gemacht.

„Gussi hat ins Bett gepinkelt“, sagte Papa. Er sah total verzweifelt aus.
Ich stand auf. Wenn ich in der Schule auch nur noch fünf Minuten Zeit für meine Haare haben wollte, musste ich jetzt los.
„Ist doch nicht so schlimm“, sagte ich. „Tust du einfach in die Waschmaschine!“
Aber Papas verzweifelter Blick blieb.
„Jetzt geht es los“, sagte er und schnüffelte mit angewidertem Gesicht am Bettzeug. „Wir hätten damit rechnen müssen. Eifersucht auf Jakob. Regression. Er will wieder Säugling sein. Ich hab's geahnt.“
Mir wurde diese Familie langsam zu viel. Die Schule erschien mir da als angenehme Abwechslung.
„Ich geh jetzt“, sagte ich und zwängte mich an Papa vorbei durch die Tür.
Auf dem Flur stand Gussi im Schlafanzug mit hängendem Kopf und roch genau wie seine Bettwäsche.
„Ich geh da nicht wieder hin, du, das sag ich dir!“, sagte er, und sein Gesicht sah wild entschlossen aus. „Nie wieder, du, das sag ich dir aber!“
Ich hätte ihn jetzt gerne in den Arm genommen und getröstet, auch wenn ich keine Zeit mehr hatte. Aber er stank so fürchterlich, dass ich ihm nur über das Haar strich.
„Bestimmt gefällt es dir da besser, wenn du erst mal die Kinder kennst“, sagte ich. „Bestimmt, Gussi.“
Aber schon im Treppenhaus schämte ich mich. Ich stellte mir vor, wie Gussi mit vielen anderen Kindern im Kreis stand und mit den Armen schaukelte. Heute Nachmittag würde ich mich wieder um ihn kümmern. Dann würde er hoffentlich auch wieder riechen wie ein Mensch.

Ich hatte tatsächlich gerade noch Zeit für fünf Minuten Mädchenklo. Da standen schon Katta und noch mindestens zehn andere Mädchen aus höheren Klassen und teilten sich gerecht die beiden Spiegel.
Es war richtig gemütlich.
Katta war begeistert, als sie mich sah. „Echt stark“, sagte sie und half mir dabei, meinen äußeren Kopf in Ordnung zu bringen. „Die Typen werden sich wundern.“
Das hoffte ich auch. Besonders *ein* Typ. Sein Name fing mit O an.
In der ersten Stunde hatten wir Erdkunde und leider bei einem Menschen, bei dem man tatsächlich am Anfang der Stunde noch aufstehen und im Chor „Guten Morgen“ sagen musste, und bei der kleinsten Kleinigkeit schrie er gleich so los, dass man fürchtete, er würde einen Infarkt kriegen.
„Das sind die Kollegen, die fehlende Persönlichkeit durch Kraftmeierei auszugleichen versuchen“, hatte Papa einmal gesagt, als ich beim Mittagessen auf den Erdkunde-Weber geschimpft hatte. Und ich hatte mich gefragt, ob Papa als Lehrer eine Persönlichkeit war. Ihn selber konnte ich ja leider nicht fragen.
„Nun wüsste ich gerne“, sagte der Weber in dieser ersten Erdkundestunde nach den großen Ferien, „wie viel ihr über den Sommer von unserem letzten Thema behalten habt.“
Er fragt uns ab, dachte ich. Hilfe. Wenn ich wenigstens noch eine Ahnung hätte, was unser letztes Thema war. „Holt mal einen Zettel raus“, sagte der Erdkunde-Weber, „und schreibt auf, was ihr noch wisst. Das wird benotet.“ Und er setzte sich hinter das Pult.
Der Erdkunde-Weber schafft es immer, noch fieser zu sein, als man es vorher für möglich gehalten hätte, dachte ich. Mich würde interessieren, ob es in der ganzen Klasse ir-

gendwen gibt, der wenigstens noch weiß, ob wir vor den Ferien die Nebenflüsse des Rheins oder die Agrarstruktur im Mittleren Westen der USA besprochen haben.

„Wollen Sie etwa einen Test schreiben? In der ersten Stunde nach den Ferien?", schrie Olaf. Olaf war mutig. Aufmüpfig. Deshalb war er Klassensprecher. Aber Olaf hätte sich auch sonst beschwert. Sozusagen privat. Aus Gerechtigkeitssinn.

„Das dürfen Sie überhaupt nicht! Das ist verboten!"

„Von wem?", fragte der Weber und stach mit seinem Finger in die Luft in Richtung Olaf. „Von dir? Vom Kaiser von China?"

Olaf sagte nichts mehr. Wir anderen auch nicht. Natürlich gab es Dinge, die durfte ein Lehrer nicht tun, die waren verboten. Zwei Klassenarbeiten an einem Tag schreiben oder fünf in der Woche oder auf Schüler mit dem Schlüsselbund werfen. Aber von wem sie verboten waren, wussten wir nicht. Und damit half uns das Verbot gar nichts.

„Rechte zu haben", hatte Papa einmal gesagt, als wir unangekündigt eine Mathearbeit geschrieben hatten, „nützt zunächst einmal gar nichts. Man muss sie auch durchsetzen können, Nelekind. Und dazu gehört als Allererstes, dass man sich auskennt."

Und das taten wir in unserer Klasse eben nicht. Nicht einmal Olaf. Der murmelte noch etwas von „Sauerei", wo es doch viel sinnvoller gewesen wäre, „Schulverfassungsgesetz § 17" zu sagen. Wenn es so was gab. Leuten wie dem Weber ist man ohne so ein Wissen total ausgeliefert. Aber mit vielleicht auch.

Also holten wir alle ganz, ganz langsam Federtaschen und Papier heraus, und dabei stellte ich fest, dass mein Ringbuch leer war. Das hatte ich mit in Dänemark gehabt und dann hatte ich es im Regen auf der Terrasse liegen lassen.

Seitdem war das Papier innen drin gewellt. Und neues zu kaufen hatte ich vergessen.
„Kann mir einer einen Zettel leihen?“, fragte ich. Wobei „leihen“ natürlich Quatsch ist. Man gibt den Zettel ja nicht zurück.
„Hast du denn selber keinen!“, sagte der Weber ungeduldig. Als ob ich danach gefragt hätte! Ich schüttelte den Kopf.
„Unvollständiges Arbeitsmaterial“, sagte der Weber und machte einen Strich in seiner Klassenliste hinter meinem Namen. „Also, was ist? Wer kann Cornelia aushelfen?“
Bestimmt hätte ich sonst schon mindestens drei Zettel auf meinem Tisch gehabt, aber weil der Weber sich eingemischt hatte, traute sich jetzt keiner. Alle schrieben eilig das Datum in die rechte obere Ecke und ihren Namen in die linke.
„Also“, sagte der Weber. „Es ist eure Zeit, die verloren geht, nicht meine.“
Da kam Ulrich durch die Klasse gehuscht. Quer durch die ganze Klasse, anstatt den Zettel einfach weiterzureichen. Und der war sorgfältig aus seinem Ringbuch herausgenommen, nicht gerissen, wie die anderen es taten.
„Bitte“, sagte Ulrich, und sein Gesicht wurde leuchtend rot. Dann huschte er wieder auf seinen Platz.
„Aaahhh!“, sagte Arne und lächelte freundlich, erst zu mir und dann zu Ulrich. „Ts, ts, ts!“ Dann rollte er verzückt die Augen.
Mehr passierte nicht. Beim Erdkunde-Weber traute sich keiner zu lachen oder Bemerkungen zu machen. Aber mir reichte es so schon. Arne war Olivers bester Freund.

V.

Zu Hause war es auch nicht viel besser als am Tag davor. Papa hatte den schlafenden Jakob im Tragesack vor dem Bauch und saugte Staub auf dem Flur. Aus der Küche hörte man das Gerumpel der Waschmaschine. Gussi war nirgends zu sehen.

Ich hängte meinen Mantel an die Garderobe und verschwand in meinem Zimmer. In der Schule war es noch schlimm gewesen. Meine Haare hatten viele toll gefunden, aber nur die Mädchen. Oliver hatte mich keinmal angeguckt. Dafür aber Ulrich. Und wenn ich zurückguckte, wurde er rot. Ich konnte nur hoffen, dass das außer mir nicht zu viele andere bemerkten. Sonst war ich geliefert.

Katta hatte wieder von ihrem Iain erzählt. Inzwischen kannte ihn die ganze Klasse. Wenn die Urlaubsfilme entwickelt waren, wollte Katta Fotos mitbringen.

Das Leben war ein Jammertal. Am liebsten wäre ich ins Bett gegangen. Nun auch noch den Nachmittag zu Hause durchzustehen ging über meine Kräfte.

„Nelemädchen“, sagte Papa und steckte den Kopf durch die Tür, als ich mir gerade eine langsame Platte aufgelegt hatte und einfach wegtauchen wollte, „ist was?“

Jakob baumelte ihm vor dem Bauch und gab im Schlaf kleine zufriedene Grunzer von sich.

„Nee, nee“, sagte ich.

„Wirklich nicht?“, fragte Papa und nutzte die Gelegen-

heit, um zwei Tassen und einen Jogurtbecher von meinem Schreibtisch zu sammeln.
„Wenn ich es doch sage!“, sagte ich.
„Dann ist ja gut“, sagte Papa und ging zu seinem Staubsauger zurück. „Essen ist auch gleich fertig.“
Ich ließ die Musik über Kopfhörer in mich hinein und machte die Augen zu. Heulen wäre jetzt schön, dachte ich. Aber dazu kam es nicht.
Wenn man die Augen zuhat, merkt man andere Dinge viel besser als sonst, finde ich. Man hört nicht nur deutlicher, man fühlt und schmeckt und riecht auch deutlicher. Und das tat ich jetzt auch. Aus der Küche kam über den Flur ein Geruch, der bestimmt nicht dahin gehörte. Ich legte die Kopfhörer weg. Papa saugte inzwischen im Schlafzimmer.
In der Küche stand Gussi auf einem Stuhl vor dem Fenster und sah nach draußen. Der Gestank kam vom Herd. Und außerdem auch knackende, knisternde Geräusche und viel Qualm.
Ich riss den Milchtopf von der Platte und hielt ihn unter den Wasserhahn. Es gab eine Menge Dampf.
„Bist du wahnsinnig geworden?“, schrie ich. Gussi stand immer noch auf dem Stuhl, aber inzwischen hatte er sich umgedreht. Im Topf war eine braune, verkohlte Masse.
„Ich hab mir Kakao gekocht“, sagte Gussi und stieg vom Stuhl. Er hatte die Arme angewinkelt und den Kopf vorgestreckt, als wenn er mich gleich boxen wollte. „Ich darf das!“
„Du weißt genau, dass du nicht allein an den Herd darfst!“, schrie ich. Die braune Masse war aus dem Topf überhaupt nicht mehr rauszukriegen. Nicht mal mit Stahlwolle.
„Darf ich wohl!“, schrie Gussi. „Bei Mama darf ich das!“
„Aber nicht alleine!“, schrie ich. Ich hatte nett sein wol-

len zu ihm heute Nachmittag. Ich hatte mir vorgenommen, dass ich noch mal Memory mit ihm spielen würde. Und vielleicht noch irgendwas. Es war bestimmt nicht meine Schuld, dass ich ihn jetzt so anschreien musste.

„Was, um Himmels willen, ist denn hier los?“, fragte Papa. Er stand in der Tür und wickelte die Schnur vom Staubsauger auf.

„Ihr seid alle blöd!“, schrie Gussi und wollte an Papa vorbei in sein Zimmer.

„Gussi hat Kakao gekocht“, sagte ich und zeigte Papa den Topf.

„So“, sagte Papa. „Nimm mal.“ Er band sich Jakob vom Bauch und hielt ihn mir hin. Dann hob er Gussi hoch. Der strampelte und trat und spuckte, aber Papa stemmte ihn in die Luft, ganz hoch über seinen Kopf, und drehte sich mit rasender Geschwindigkeit im Kreis, bis Gussi anfing zu quietschen und zu lachen, und dann plumpsten sie beide auf den Teppichboden im Flur und schnauften. „Du hättest mich doch fragen können, alter Gustav“, sagte Papa und fuhr Gussi mit gespreizten Fingern wie mit einem Kamm durchs Haar. „Ich hätte dir doch Kakao gemacht.“

„Hättest du nicht!“, sagte Gussi, und sein Rücken wurde wieder ganz steif. „Du hast gestaubgesaugt!“

Jakob fing an zu schniefen. Er war auf meinem Arm aufgewacht.

„Ich verspreche dir, dass ich dir trotzdem immer Kakao koche“, sagte Papa und streckte Gussi die Hand hin. „Ehrenwort.“

Gussi guckte skeptisch. Dann legte er seine Hand in Papas.

„Und jetzt wird gegessen“, sagte Papa. „Überbackener Blumenkohl mit Petersilienkartoffeln und Schnitzelchen.“

„Und hinterher Eis mit Heiß?“, fragte Gussi.

Papa zögerte einen Augenblick. „Und hinterher Eis mit Heiß", sagte er.

„Es ist wegen Gussi", sagte ich, als Mama abends in mein Zimmer kam, um mir gute Nacht zu sagen.
Mama war wieder genauso vergnügt nach Hause gekommen. Sie hatte Papa einen Kuss gegeben und Gussi und mich umarmt und dem schlafenden Jakob mit einem Finger über das Gesicht gestrichen. Dann hatte sie sich ein Küchenhandtuch genommen und angefangen, die Töpfe und Holzbretter abzutrocknen, die neben der Spüle im Abtropfrost standen. Dabei hatte sie von ihrer Arbeit erzählt.
Papa saß am Küchentisch und rauchte eine Zigarette. Das wollte er sich schon lange abgewöhnen.
„Völlig überflüssig", sagte Papa und deutete mit der Zigarette auf Mamas Handtuch. „Die Sachen trocknen auch sehr schön von alleine."
„Ich weiß, Schatz", sagte Mama. „Es ist nur Gewohnheit."
Papa zündete sich eine neue Zigarette an und sagte nichts mehr. Irgendwie war die Stimmung nicht schön gewesen.
„Ja, wegen Gussi", sagte Mama jetzt und setzte sich auf meinen Schreibtischstuhl. „Wilfried hat mir schon erzählt."
„Von dem Kakao?", fragte ich. „Und dass er ins Bett gemacht hat?"
Mama nickte. Sie hielt meinen Tintenkiller zwischen Daumen und Zeigefinger und ließ ihn rhythmisch auf der Schreibtischplatte hüpfen.
„Wir müssen jetzt mindestens ein Jahr durchhalten, Nele", sagte sie. „Wilfried kann nicht von heute auf morgen wieder anfangen. Und wir wollten es schließlich auch so."
Ich setzte mich im Bett auf. „Hast du gedacht, dass es so werden würde?", fragte ich.

Mama schüttelte den Kopf. „Ich krieg ein schlechtes Gewissen, wenn ich darüber nachdenke“, sagte sie. „Aber das ist falsch, verstehst du? Weil es so abgemacht war und weil Wilfried es auch wollte und weil ich schließlich genauso einen Anspruch auf meine Arbeit habe wie er.“

„Ja“, sagte ich. Das war richtig. Das war alles richtig. Aber dann dürfte es doch nicht so schwierig sein.

Mama stand auf und ging zur Tür. „Schlaf trotzdem gut, Nele“, sagte sie.

„Du auch“, sagte ich und legte mich zurück. Ich hatte ihr eigentlich noch sagen wollen, dass sie Papa nicht immer mit der Hausarbeit helfen sollte, wenn sie nach Hause kam. Jedenfalls nicht sofort. Oder wenigstens nicht so fröhlich.

VI.

In der nächsten Zeit änderte sich nicht viel.
Mama ging morgens zur Arbeit und kam abends vergnügt zurück. Gussi machte weiter ins Bett. Papa putzte die Wohnung und versorgte Jakob und wusch die Wäsche. Nur das Mittagessen blieb nicht so toll wie in den ersten Tagen. Manchmal gab es jetzt schon Tiefkühlkost.
Ich gab mir Mühe mit Gussi und auch mit Papa, aber schließlich hatte ich auch meine Probleme. Und die fingen immer noch mit O an.
Seit der Englischstunde damals hatte Oliver mich überhaupt nicht mehr beachtet. Auch keinmal mehr drangenommen. Obwohl ich mich jetzt so oft meldete, dass der Englisch-Senger mich nach der Stunde schon lobte.
Einmal hatte Oliver mir sogar die Aktentasche ausgekippt. Und so schwermütig angesehen hatte er mich schon überhaupt nicht mehr. Aber das konnte natürlich alles Tarnung sein. Vielleicht war er schüchtern.
In Filmen gab es das öfter. Dann musste die Frau sich etwas überlegen, sich in der Wildnis ein Bein brechen vielleicht, damit der Mann sie auf seinen Armen zum nächsten Haus tragen musste. Dann wurde sie unter Schmerzen geküsst.
Aber bei uns gab es keine Wildnis. Und ein Bein brechen wollte ich mir auch nicht so gerne. Nicht mal für Oliver. Wo mir der Erfolg sowieso unsicher schien. Einmal hatte ich im

Sport einen Ball gegen den Kopf gekriegt und es hatte höllisch wehgetan. „Typisch Weiber!“, hatte Oliver gesagt und in die Luft gekickt.
Beinbrechen ging also nicht. Ich musste mir etwas anderes überlegen.
Katta hatte in der Schule längst Bilder von ihrem Iain vorgezeigt. Er sah wirklich gut aus. Aber so traumhaft, wie sie gesagt hatte, war er nun auch wieder nicht.
„Er ist nicht sehr fotogen, leider“, sagte Katta. „In Wirklichkeit kommt natürlich noch seine Ausstrahlung dazu.“
„Ist ja klar“, sagte ich.
Auf keinem Foto war Katta mit ihm zusammen drauf, schon gar nicht in seinen Armen. Aber das war ja auch verständlich. Wer hätte so ein Foto schon aufnehmen sollen.
Manchmal ging ich jetzt nachmittags zu Katta nach Hause. Zu Papa sagte ich, wir machten Hausaufgaben, und manchmal hörten wir uns auch wirklich gegenseitig Vokabeln ab oder versuchten, die Ausnahmeregeln bei der Groß- und Kleinschreibung zu verstehen. Aber meistens saßen wir einfach in Kattas Zimmer auf dem Boden und tranken Tee und hörten Musik, und dabei erzählte Katta von Iain.
Kattas Eltern hatten ein Haus wie im Film, weiß und mit so glänzenden grünen Dachziegeln und einem Garten voller Rosen. Kattas Vater stellte Türen und Fensterrahmen her, und da war viel Geld drin, sagte Katta. Papa sagte, es wäre eine Frechheit zu behaupten, dass Kattas Vater die Türen herstellte, weil er bestimmt in den letzten fünfzehn Jahren keinen Kittel mehr angehabt und keine Schraubzwinge mehr in der Hand gehabt hätte. Für Kattas Vater wäre deshalb viel Geld drin, weil die Männer in seiner Firma Türen und Fensterrahmen herstellten.
„Das meint Katta ja auch“, sagte ich. Ich konnte es nicht

ausstehen, wenn Papa mir jeden Satz korrigierte. „Das ist doch dasselbe!"
„Hast du eine Ahnung!", sagte Papa.
Mir konnte das auch ziemlich gleichgültig sein, weil man Kattas Vater fast nie sah. Kattas Mutter aber schon. Sie passte zum Haus. Eigentlich sah sie mehr aus wie Kattas große Schwester, ganz modern angezogen und jung und irgendwie auch sehr vornehm.
Immer besuchte sie gerade einen Yoga-Kursus oder knüpfte einen Teppich mit original Afghan-Muster oder frischte ihre Sprachkenntnisse auf.
„Ich finde es einfach wichtig, dass man als Frau seine Interessen pflegt", sagte Kattas Mutter und lächelte mich an, als wollte sie für ihre Zahncreme werben, „sonst rosten Geist und Körper." Und dann brachte sie uns meistens etwas zu knabbern oder einen Tee, und danach ließ sie uns zufrieden. Das war ja bestimmt alles nett gemeint, und Kattas Mutter redete auch wirklich erwachsen mit uns, nicht so kindisch wie manche anderen Mütter, aber trotzdem fühlte ich mich nie so richtig wohl, solange sie bei uns war. Vielleicht war sie einfach zu schön und zu zufrieden. Jedenfalls fand ich mich bei ihr immer besonders dick und o-beinig.
Jetzt wollte sie manchmal wissen, wie es bei uns zu Hause war.
„Deine Mutter arbeitet noch?", fragte sie, während sie das Tablett mit dem Tee und dem Kandis behutsam auf dem flauschigen Teppich vor ihren bloßen Füßen absetzte.
„Ja", sagte ich.
„Und dein Vater kommt gut zurecht?", fragte sie.
Ich nickte. Kattas Mutter würde ich bestimmt nichts von unseren Schwierigkeiten sagen. Nicht einmal Katta. Dafür erzählte sie dann wieder ihrer Mutter zu viel.

„Und euch Kindern gefällt es auch?“, fragte Kattas Mutter. Sie schenkte jetzt Tee in die kleinen Tonschalen. Das Service hatte sie selbst getöpfert und Katta zu Ostern geschenkt. Der Kandis knackte und sprang.
„Doch, danke“, sagte ich. Ich hielt die Schale mit den Fingerspitzen, weil sie so heiß war.
„Deinem Bruder gefällt es auch?“, fragte Kattas Mutter.
„Welchem?“, fragte ich. Aber das war ihr offenbar gar nicht so wichtig.
„Was mich wirklich interessieren würde“, sagte Kattas Mutter, „ist, was deine Mutter so sagt.“
„Die findet es toll“, sagte ich. Das konnte ich wirklich mit gutem Gewissen behaupten. „Sie sagt, sie weiß gar nicht, wieso sie nicht viel früher schon wieder angefangen hat.“
„Ach“, sagte Kattas Mutter und ließ uns allein.

„Ich muss dir was erzählen“, sagte Katta und drehte die Anlage leiser. „Aber erzähl es bloß nicht weiter!“
„Ich schwöre!“, sagte ich. Es war komisch. Zuerst hatte ich mich über Kattas Iain-Geschichten geärgert und jetzt wartete ich schon immer darauf. Beim Zuhören konnte ich mir vorstellen, dass es nicht um Katta und Iain ging, sondern um mich und Oliver.
„Mit Iain mach ich Schluss“, sagte Katta.
Ich versuchte, deprimiert auszusehen.
„Das lief sowieso zu blöde“, sagte Katta. „Wir haben uns die Fotos geschickt, und er hat mir auch geschrieben, aber natürlich auf Englisch. Und dann habe ich ihm wieder geschrieben, auch auf Englisch, und du kannst dir ja vorstellen, wie nervig das war.“
Das konnte ich gut. Kattas Englisch war noch um Klassen

schlechter als meins, und mein Englisch war schon nichts zum Vorführen.
„Das ist mir auf die Dauer zu mühsam“, sagte Katta und zupfte an ihren Augenbrauen. „Ausländer bringen nichts.“
„Klar“, sagte ich. Aber wundern musste ich mich doch. Ich konnte mir nicht vorstellen, dass ich aufhören würde Oliver zu lieben, nur weil ich meine Briefe an ihn auf Englisch schreiben musste. Im Gegenteil. Ich wäre froh gewesen, wenn er mir überhaupt geschrieben hätte. Meinetwegen auf Kisuaheli. Das hätte ich dann eben gelernt.

Zu Hause saß Gussi vor dem Fernseher und sah Sesamstraße.
„Der hat den aber umgelegt, du!“, sagte er aufgeregt.
„Wer?“, fragte ich. „Wen?“
„Aber zosch!“, sagte Gussi und boxte in die Sessellehne. „Krach! Siehste!“
„Einen neuen Buchstaben gab es heute nicht?“, fragte ich.
Gussi schüttelte den Kopf. „Zosch!“, schrie er wieder.
Ich schaltete den Fernseher aus, weil die Sendung zu Ende war.
„Und wie war's im Kindergarten?“, fragte ich.
„Zosch!“, schrie Gussi und hüpfte auf dem Sessel auf und ab.
„Müsst ihr immer noch im Kreis stehen?“, fragte ich. „Und mit den Händen schaukeln?“
Gussi hörte auf, „Zosch!“ zu schreien, und ließ sich auf den Sitz plumpsen.
„Wir machen die Schwarze Köchin!“, sagte er. „Dreimal musst du rummarschiern!“ Er rutschte vom Sitz und fing an um den Sessel zu gehen.
„Und das macht Spaß?“, fragte ich.

Aber Gussi reagierte gar nicht. Er marschierte weiter um den Sessel und schlenkerte mit den Armen.
„Beim vierten Mal den Hut verliern!", schrie er. „Zosch!"
Ich stand auf und ging in die Küche. Ganz so schrecklich fand Gussi den Kindergarten offenbar nicht mehr. Nicht mal, im Kreis zu stehen und mit den Händen zu schaukeln.

VII.

Es war klar, dass ich für Oliver einen Plan brauchte. So kam ich nicht weiter. Und wo Katta jetzt schon ein paar Mal gesagt hatte, dass ich mit meiner neuen Frisur richtig gut aussah, würde sie vielleicht ja auch nicht über mich lachen.

Ich versuchte es nachmittags beim Teetrinken.

„Wie hat das eigentlich angefangen mit dir und Iain?“, fragte ich. Ich musste ja jetzt noch nichts von mir verraten. Und vielleicht kriegte ich trotzdem einen Tipp.

„Ach, wie so was eben anfängt“, sagte Katta und hielt sich den Vergrößerungsspiegel direkt vor die Augen. „Findest du eigentlich auch, dass ich goldene Pünktchen in der Iris habe?“

Seit Katta mit Iain Schluss gemacht hatte, fand sie es wohl nicht mehr so interessant, über ihn zu reden.

Ich guckte ihr in die Augen. Sie waren eigentlich mehr grau, auch wenn Katta immer sagte, sie wären grün. Vielleicht lag das am Licht.

„Kann sein“, sagte ich. „Also nimm mal an, so ein Typ ...“ Ich merkte, wie mein Herz anfing zu klopfen. Sogar, wenn ich noch kein Wort von Oliver gesagt hatte. Aber jetzt half es nichts mehr. „Irgendein Typ“, sagte ich, „also du denkst, der findet dich gut, nicht? Aber dass er zu schüchtern ist, und wochenlang passiert nichts. Mal angenommen“, sagte ich, „was würdest du tun?“

Einen Augenblick lang hatte Katta aufgehört, sich mit Daumen und Zeigefinger abwechselnd das rechte und das linke Auge aufzuhalten und sich ganz dicht am Spiegel in die Augen zu sehen. Jetzt fing sie wieder damit an. „Auf schüchterne Typen steh ich nicht so“, sagte sie.
„Aber mal angenommen!“, sagte ich. Es war ja klar, dass Katta sich mit einem Schüchternen nicht abgeben würde. Aber sie kannte sich schließlich aus. Da konnte sie mir doch mal helfen.
„Weiß ich nicht“, sagte Katta und legte den Spiegel endgültig auf den Boden. „Kann ich mir echt nicht vorstellen.“ Dann kicherte sie. „Etwa Ulrich?“, fragte Katta. „Das meinst du doch nicht im Ernst?“
Ich hätte mir ja denken müssen, dass ich nicht die Einzige war, die bemerkte, wie Ulrich mich immer anstarrte. Jetzt würden es bald alle wissen. Und ich konnte sehen, wie ich da wieder rauskam.
„Quatsch!“, sagte ich wütend. Aber mir war schon klar, dass ich jetzt von Oliver reden musste. Das ganze Gerede mit „stell dir mal vor“ und „irgendwer“ glaubt einem sowieso nie jemand. Und das Schlimmste, was jetzt passieren konnte, war, dass Katta tatsächlich glaubte, ich meinte Ulrich. Dann schon lieber die Wahrheit erzählen. „Kann ich doch nichts dafür, wenn der mich immer so anstarrt“, sagte ich.
„Logisch“, sagte Katta.
Da wagte ich es. „Es ist Oliver“, sagte ich, und ich merkte, dass mir jetzt auch noch ganz heiß im Gesicht wurde, und meine Finger fühlten sich feucht an. Ich guckte lieber auf den Boden.
Deshalb konnte ich auch nicht so genau sehen, wie Katta reagierte, aber jedenfalls dauerte es eine ganze Weile, bis sie

sagte: „Du meinst, Oliver findet dich gut? Und ist bloß zu schüchtern oder was? Olli?"
Ich nickte. Ich wusste selbst, dass es blöd klang. Von Oliver konnte man sich das nicht vorstellen. So wie der aussah. Aber schließlich hatte er mich nach den Ferien so angeguckt. Und dann nie mehr. Es war schon richtig wie ignorieren, fand ich. Das musste einen Grund haben.
„Ich hab Beweise", sagte ich.
Katta setzte sich auf einmal ganz gerade hin. „Erzähl", sagte sie. Sie sah gespannt aus. Beinah aufgeregt.
Nun hätte ich ihr ja alles erzählen können, was da in der Englischstunde gelaufen war. Aber plötzlich fand ich, dass es nicht sehr überzeugend klang. Natürlich wusste ich ziemlich sicher, dass Oliver mich liebte. So was spürt man einfach und Gefühle können nicht lügen. Aber zum Erzählen war es irgendwie zu wenig. Vielleicht hätte Katta dann doch noch gelacht.
Deshalb schüttelte ich den Kopf. „Du brauchst mir ja nicht zu glauben", sagte ich.
Aber das tat Katta doch. „Wenn du Beweise hast", sagte sie. „Und du findest ihn auch gut?"
Ich nickte.
„Bisschen jung", sagte Katta. „Aber kein übler Typ."
Sie sah mich langsam von oben bis unten an. „Ich muss ihn mal beobachten."
Da erzählte ich ihr, dass Oliver schon wochenlang quasi versteckte Zeichen gab, aber überhaupt nichts tat, damit die Sache in Gang kam. Und dass ich es langsam nicht mehr aushielt und fand, ich brauchte einen Plan. Das fand Katta auch. Aber sie sagte, dazu musste sie Oliver erst mal genau studieren. Um zu sehen, worauf er ansprang.
„Manchmal reicht schon Parfum, verstehst du?", sagte Kat-

ta. „Oder ein verführerischer Gang. Oder du musst ihn einfach mal alleine erwischen.“ Katta seufzte. „Ich denke mir was aus“, sagte sie. „Ehrenwort, Nele.“
Das war nett von Katta. Ich fühlte mich erleichtert. Ihr würde sicher irgendwas einfallen, schließlich hatte sie schon zweimal einen Freund gehabt. Ich konnte jetzt alles Katta überlassen.
Erst auf dem Weg zur Tür fiel mir auf, dass Kattas Mutter heute überhaupt nicht zu sehen gewesen war.
„Ist deine Mutter nicht da?“, fragte ich.
Katta steckte die Hände in die Taschen. „Die fängt an zu spinnen“, sagte sie. „Plötzlich will sie auch arbeiten. Zu Hause fällt ihr die Decke auf den Kopf, sagt sie.“
„Aber sie fand das doch immer so gut“, sagte ich. „Teppichknüpfen und Sprachenlernen und Yoga und so.“
„Logisch“, sagte Katta. „Aber sie sagt, es füllt sie nicht mehr aus. Sie schlägt nur die Zeit tot, sagt sie. Sie will nicht immer nur neue Sachen lernen, sie will mit den gelernten Sachen auch mal was anfangen.“
Kattas Mutter war schwer zu verstehen. Aber ich würde es Mama erzählen. Die mochte ein bisschen Klatsch manchmal ganz gerne. „Tschüss dann“, sagte ich.

„Ich war heute Nachmittag mit Gussi beim Arzt“, sagte Papa, als ich nach Hause kam. Das Wohnzimmer war aufgeräumt, und Papa deckte in der Küche den Abendbrottisch. Jakob lag auf dem Boden in seinem Wipper, und Gussi machte ihm die Hände auf und gab ihm eine Quietschkuh hinein.
„Muh!“, sagte Gussi und wippte Jakob auf und ab. Jakob zappelte mit den Armen. Die Kuh quietschte erbärmlich und fiel auf den Boden.

„Und was sagt der Arzt?“, fragte ich.
Papa zuckte die Achseln. „Er muss natürlich noch die Labortests abwarten“, sagte er. „Aber das ist mehr pro forma. Im Prinzip meint er dasselbe wie wir auch.“
Gussi machte Jakob wieder die Finger auf und gab ihm die Kuh zurück. „Muh!“, schrie er. „Quietsch, quietsch, muh, muh!“
Jakob lachte. Es klang ein bisschen wie Ziegenmeckern. „Schaukel den Jakob nicht zu doll“, sagte Papa und setzte Teewasser auf. „Gussi kriegt eine Klingelmatratze, nicht, Gussi?“
Gussi riss Jakob die Kuh aus der Hand und drückte sie. Sie quietschte, als würde sie abgestochen. Jakob lachte noch doller.
„Die kommt nachts ins Bett“, sagte Papa, „und wenn der erste Tropfen drauffällt, fängt es an zu klingeln. Die reagiert auf Feuchtigkeit, verstehst du? Dann wacht Gussi auf und kann aufs Klo gehen. Und das Bett bleibt trocken“, sagte Papa zufrieden. „Wir kriegen das schon in den Griff, was, Gussi?“
Gussi stand mitten in der Küche mit der Kuh in der Hand. Sein Kinn war weit nach vorne geschoben.
„Du sollst da nicht von reden!“, sagte Gussi, und seine Unterlippe zitterte. „Du sollst das nicht!“
„Aber Gussi!“, sagte Papa und kniete sich vor ihn hin. „Das ist doch keine Schande! Es haben schon ganz andere Leute ins Bett gepinkelt!“
„Du sollst das nicht!“, schrie Gussi und trat Papa gegen die Knie. „Du sollst das nicht!“ Dann zitterte seine Unterlippe noch mehr und er fing an zu weinen und dabei trommelte er immer weiter auf Papa ein.
„Du, Gussi“, sagte Papa und versuchte ihn in den Arm zu nehmen. Aber Gussi riss sich los und rannte aus der Küche.

Papa stand langsam wieder auf. „Mist!“, sagte er. „Alles mache ich verkehrt!“
Da weinte Jakob auch noch. Ich gab ihm seine Kuh. „Ach, Quatsch“, sagte ich.

Mama sah müde aus, als sie nach Hause kam. Papa nahm ihren Mantel und hängte ihn auf einen Bügel.
„Ich kann diesen Schröder einfach nicht mehr ertragen“, sagte Mama. Schröder war ihr Kollege. „Ich weiß, es ist intolerant, aber ich brauche ihn nur zu sehen – ich hab so die Nase voll von dem Kerl.“ Sie seufzte.
Papa stellte den Tee auf den Tisch.
„Egal“, sagte Mama. „Und wie war's mit Gussi beim Arzt?“
„Nachher“, sagte Papa und zeigte auf Gussi, der mit nur einem Strumpf am Fuß in der Küchentür stand und aussah, als wollte er gleich wieder in sein Zimmer gehen.
„So muss er sich ja auch die Blase erkälten!“, sagte Mama. „Gussi, wo ist dein Strumpf?“
Gussi zuckte die Achseln und sah auf den Boden.
„Komm doch her, Gussi“, sagte Papa. „Man kann auch mit nur einem Strumpf essen“, und er sah Mama mit gerunzelter Stirn an und schüttelte leicht den Kopf.
Mama sagte nichts mehr.
Papa strich Gussi ein Brötchen. „War das Koriander, was du immer ans Brot getan hast?“, fragte er.
„Immer nicht, manchmal“, sagte Mama. Als sie noch zu Hause gewesen war, hatte sie unser Brot selber gebacken, weil das gesünder war. „Wieso interessiert dich das?“
„Ich bin auf dem Weg zur perfekten Hausfrau“, sagte Papa und schnitt sich eine Scheibe Käse ab. „Ich war doch heute Morgen mit Jakob bei der Krabbelgruppe und natürlich waren da lauter Frauen.“

„Das war klar“, sagte Mama.
„Ich bin mir vielleicht vorgekommen!“, sagte Papa. „Sie haben aufgehört zu reden, als ich reingekommen bin. Sie haben gefragt, ob meine Frau krank ist.“
„Typisch“, sagte Mama.
„Und dann haben sie natürlich alle so getan, als ob es die natürlichste Sache von der Welt wäre, dass ich den Haushalt mache“, sagte Papa. „Verstehst du? Nicht mal nachgefragt haben sie oder so. Aber wie sie mich immer von der Seite angeguckt haben und vor allem Jakob – ob auch ja sein Jäckchen richtig zugebunden ist. Womöglich haben sie auch überprüft, ob ich mütterlich genug mit ihm umgehe.“
„Und deshalb musst du jetzt unbedingt wissen, ob ich mit Koriander gebacken habe, klar“, sagte Mama. Aber sie hatte aufgehört zu essen und starrte Papa ziemlich verwirrt an.
„Sie haben sich übers Brotbacken unterhalten“, sagte Papa. „Die eine Frau will sich eine elektrische Kornmühle kaufen und ich habe ihr geraten, vor allem darauf zu achten, dass der Feinmehlanteil groß genug ist, und natürlich auf die Durchlaufzeit. Ich habe der Frau unsere Telefonnummer gegeben.“
„Guck an“, sagte Mama.
„Und dann habe ich als Gewürz Koriander empfohlen, obwohl ich mir da nicht mehr so sicher war“, sagte Papa. „Sie haben gefragt, ob ich etwa auch Brot backe. *Etwa!* Als ob es nicht dasselbe wäre, ob ein Mann Brot backt oder eine Frau!“
„Haben sie nicht Recht?“, fragte Mama. „Du backst ja auch kein Brot.“
„Aber das wissen *die* doch nicht!“, sagte Papa. „Verstehst du? Immer dieser Zweifel, ob ein Mann das auch kann.“

Mama nickte. „Ist schon blöd“, sagte sie.
„Ich habe gesagt, ich bring nächste Woche mal ein selbst gebackenes Brot mit“, sagte Papa. „Mischbrot. Um zu zeigen, worauf es ankommt.“
„Du willst also tatsächlich anfangen Brot zu backen?“, fragte Mama verblüfft.
„Quatsch!“, sagte Papa und lachte. „Ich dachte, das könntest du machen. Ich nehme es dann mit. Es ist nur wegen der psychologischen Wirkung. Damit sie mich als Hausmann ernst nehmen. Dass ich mir nicht immer vorkommen muss wie ein weißer Rabe.“
Mama hatte die ganze Zeit weitergegessen. Jetzt legte sie ihr Brot aus der Hand.
„Sag mal, Wilfried“, sagte sie, und ihre Stimme klang ganz leise, dass man merkte, sie musste sich sehr zusammennehmen, „ist dir schon mal aufgefallen, dass ich auch noch berufstätig bin? Acht Stunden täglich? Und ist dir vielleicht auch aufgefallen, wer trotzdem in den letzten Wochen immer das Badezimmer geputzt hat? Und den Küchenboden gewischt? Und Staub gewischt im Wohnzimmer, wenn die Schicht schon zwei Zentimeter dick war? Gar nicht zu reden vom Wochenendeinkauf. Und jetzt soll ich dir auch noch ein Brot backen, bloß dass du damit angeben kannst?“
Mama schlug mit beiden Händen auf den Tisch.
Ich wäre gerne rausgegangen. Ich hasste es, wenn Mama und Papa sich stritten. Sie hatten so eine Theorie, dass man seine Auseinandersetzungen nicht vor den Kindern verheimlichen sollte, damit wir rechtzeitig lernten, dass es nichts Schlimmes ist, Konflikte auszutragen. Das war wichtig für unsere Persönlichkeitsentwicklung, sagten sie.
Das konnte ja auch alles stimmen, und bestimmt war es besser als bei Kattas Eltern, die sich immer weiter anlä-

chelten, und wo Katta nur merkte, dass sie Krach hatten, weil sie dann besonders höflich zueinander und besonders schweigsam waren. Eisig, sagte Katta. Aber irgendwie fand ich, dass Gussi und ich das mit den Konflikten nun langsam gut genug gelernt hatten. Meinetwegen konnten Mama und Papa sich jetzt gerne immer abends streiten, wenn ich im Bett war.

„Ich finde das nicht besonders fair von dir“, sagte Papa und zerbröselte einen Rest Brot. „Du hast selbst gesagt, dass ich bestimmt eine Einarbeitungsphase brauchen würde, und ich tu verdammt noch mal, was ich kann, aber alles ist eben nicht zu schaffen!“

„Das werfe ich dir ja auch gar nicht vor!“, rief Mama. „Was ich dir vorwerfe, ist, dass du mir mit diesem Brot noch zusätzliche Arbeit aufhalst, bloß um angeben zu können!“

Dann waren beide still. Das war immer ein schlimmer Moment.

„Tut mir Leid“, sagte Mama nach einer Weile. „Ich wollte dich nicht kränken. Es wird ja auch schon besser mit dem Haushalt. Aber das mit dem Brot finde ich wirklich nicht gut.“

„Tut *mir* Leid“, sagte Papa. „Ich hätte dran denken müssen, dass du schon so genug Arbeit hast.“ Er atmete tief durch.

„Lassen wir’s einfach“, sagte er und stand auf, um Mama in den Arm zu nehmen.

Mama legte ihr Gesicht gegen Papas Schulter. „Ich mach’s schon“, sagte sie, und ihre Stimme klang durch Papas Schulter ganz gedämpft. „Ich versteh ja, dass es dir wichtig ist. Aber irgendwie müssen wir das alles noch besser in den Griff kriegen, Wilfried.“

„Bestimmt, Ilse“, sagte Papa und streichelte Mamas Hinterkopf.

„Knutsch, knutsch“, sagte Gussi und küsste die Luft. „Knutsch, knutsch, knutsch!“ Und dann hängte er sich an Papas Bein.

Ich fing an den Tisch abzudecken. Vielleicht konnte man Mama ja überreden, im nächsten Jahr wieder mit der Arbeit aufzuhören. Wo sie den Schröder sowieso so blöd fand.

VIII.

Am nächsten Morgen hatte Papa schlechte Laune. Der Einzige, den die Klingelmatratze geweckt hatte, war Papa. Aber als er bei Gussi angekommen war, war es schon zu spät. Gussis Bett war schon nass.

„Und nicht mal, als ich sein Schlafzeug und sein Laken gewechselt habe, ist er richtig aufgewacht", sagte Papa und schüttelte den Kopf. „Ich möchte wissen, was in dem Kind vorgeht, wirklich."

Ich sagte, Gussi müsste dann eben nachts wieder Windeln haben, aber Papa meinte, das nasse Bett und die ganze Arbeit wären längst nicht das Schlimmste. „Das alles zeigt doch nur, wie durcheinander Gussi immer noch ist, wenn er immer weiter ins Bett macht", sagte Papa. „Der hat doch ordentliche Probleme und ist todunglücklich. Aber ich weiß um alles in der Welt nicht, was ich da tun soll."

Mir tat Gussi auch Leid, aber ich hatte keine Zeit für lange Gespräche. Ich wollte Katta zu Hause abholen, damit wir auf dem Weg zur Schule darüber reden konnten, ob sie sich wegen Oliver schon etwas überlegt hatte. Mamas Festlichkeitenparfum hatte ich auch eingesteckt. Für alle Fälle. Falls Katta feststellen sollte, dass Oliver zu denen gehörte, die schon auf Duft reagieren.

Aber Katta hatte sich noch nichts überlegt. Sie war sogar ein bisschen ärgerlich, als ich sie abholte. „Nun drängel doch nicht so“, sagte Katta. „Ich hab dir doch gesagt, dass ich ihn erst mal genauer abchecken muss, bevor ich was sagen kann!“

Aber das Parfum fand sie in Ordnung. Und *schaden* konnten ein paar Tropfen ja auf keinen Fall, fanden wir. Falls Oliver zu den Duft-Typen gehörte, konnte man das am besten im praktischen Versuch rauskriegen. Mit dem verführerischen Gang vielleicht auch. Aber den musste ich erst noch vor dem großen Flurspiegel üben.

Im Mädchenklo tropfte ich mir etwas von Mamas Parfum in die Halsbeuge. Mama tippte das Fläschchen immer nur so eben an, aber ich fand, dass man dann so gut wie gar nichts roch, vor allem, wo Oliver drei Reihen von mir entfernt saß. Auf die Handgelenke, in den Nacken und ins Haar tat ich mir also auch noch einen ordentlichen Schuss.

„Ins Haar ist erotisierend“, sagte Katta.

Und dann schlug sie vor, dass wir einfach immer an Oliver dranbleiben sollten. Beide zusammen. Damit sie Olivers Reaktion auf mich testen konnte.

Katta machte sich ehrlich viel Mühe. Ich war ihr wirklich dankbar.

Tage, die schlecht anfangen, gehen meistens auch schlecht weiter. Jedenfalls habe ich die Erfahrung gemacht.

Nun will ich natürlich nicht Gussi und seiner Klingelmatratze die Schuld an meinen Schwierigkeiten mit Oliver geben, aber irgendeinen Zusammenhang gibt es schon, da bin ich überzeugt. Irgendwas mit den Sternen oder den Biorhythmen oder den chinesischen Tierkreiszeichen oder irgendwelchen anderen Sachen, über die Mama und Papa die Hände über dem Kopf zusammenschlagen würden.

Aber warum, bitte schön, hat der Mensch sonst solche richtig miesen Tage? Das können sie nämlich auch nicht erklären. Und dieser Tag wurde mies. Vor allem in der Englischstunde. Aber die Stunden vorher waren auch schon nicht erfreulich gewesen. Oliver hatte mich keinmal angesehen. Obwohl er mich eigentlich hätte riechen müssen.

Jedenfalls rochen mich die anderen alle. Von den Mädchen fanden es viele toll und wollten von dem Parfum auch mal was haben, aber ich wusste nicht, was Mama dann sagen würde. Diese Flaschen sind immer so klein und fast die Hälfte hatte ich schon über mich verteilt. Außerdem hätte ich für Oliver dann ja genauso gerochen wie die anderen. An mein Parfum ließ ich also niemanden.

Trotzdem ließ uns der Bio-Kleinschmidt am Anfang der Stunde zuerst einmal die Fenster aufreißen.

„Wann habt ihr hier denn zuletzt gelüftet?“, fragte er, und dann erzählte er, dass bei den verschiedensten Tierarten Duftstoffe der Weibchen die Männchen anlocken und sozusagen liebestoll machen. Aber mich konnte das nicht mehr optimistisch stimmen. Oliver jedenfalls war nicht wie diese Tierarten. Er hatte mich immer noch kein einziges Mal angeguckt. Wahrscheinlich gehörte er nicht zu den Duft-Typen. Ich würde zu Hause auf dem Flur üben müssen verführerisch zu gehen.

In der Englischstunde duftete ich immer noch, aber beim Senger brauchten wir das Fenster nicht aufzureißen. Wir mussten von Anfang an schriftlich arbeiten, und bei ihm ist das immer ein schlechtes Zeichen. Es bedeutet, dass seine Laune auf dem Nullpunkt ist, und man konnte sehen, dass er schon so ziemlich genervt war. „Ich nehme Stichproben mit nach Hause“, sagte der Senger. „Es ist also kein Test, aber von denen, die ich mitnehme, schreibe ich mir die Bewertung auf.“ Das mit den Stichproben ist ein ganz gemeiner Trick, finde ich. Der Lehrer braucht sich nicht die Mühe zu machen, alle Hefte zu korrigieren, aber trotzdem schreiben alle wie verrückt, weil sie denken, sie könnten zur Stichprobe gehören. Und wenn man dann keine Stichprobe ist, ärgert man sich erst recht, weil man ganz umsonst gearbeitet hat und genauso gut Käsekästchen hätte spielen können.

Aber das weiß man eben nicht im Voraus.

Die Übung war ziemlich schwer, das war ja von vornherein klar. Wenn der Senger schlechte Laune hatte, würde er uns nicht gerade Aufgaben geben, bei denen man nur Einsen schreiben konnte.

Ich guckte ein paar Mal zu Katta hinüber, aber ihr Heft sah noch kläglicher aus als meins.

„Die Herren Oliver und Arne“, sagte der Senger da. Bis jetzt hatte er einfach am Pult gesessen und in einem Buch geblättert. Es ist schon verblüffend, was manche Lehrer alles mitkriegen. Andere natürlich auch gar nichts. Aber der Senger gehört zu denen, die vermutlich Augen am ganzen Körper haben.

„Ich habe den Eindruck, ihr produziert eine Gemeinschaftsarbeit“, sagte der Senger. „Vielleicht lasst ihr das mal.“

Er hätte nicht „vielleicht“ sagen sollen. Arne und Oliver verstanden seine Aufforderung jedenfalls nicht als ernst gemeint. Man konnte ihr Getuschel durch die ganze Klasse hören.

Das war natürlich unklug, wo jeder sehen konnte, dass der Senger schlechte Laune hatte.

„Jetzt reicht's“, sagte der Senger und legte sein Buch aufs Pult. Das Getuschel hörte auf.

„Ihr setzt euch auseinander“, sagte der Senger. „Das ist hier doch keine Talkshow.“

Ein paar Leute lachten, aber der Senger blieb trotzdem wütend. „Du setzt dich zu Ulrich“, sagte er und zeigte auf Oliver. Neben Ulrich war der einzige freie Platz. „Und da wirst du in den Englischstunden auch die nächsten Wochen bleiben. Bis ich sage, dass du wieder zurückkannst.“
Oliver sah aus, als wenn er nicht richtig verstanden hätte. „Wer, *ich*?“, fragte er und zeigte mit dem rechten Zeigefinger auf sich. Dabei riss er die Augen weit und fragend auf. „Los, los“, sagte der Senger und winkte ungeduldig mit dem Arm.
„Ich hab doch gar nichts gemacht!“, sagte Oliver, und seine Stimme klang anklagend.
„Los, los, los“, sagte der Senger. „Zu Ulrich!“ Oliver stand langsam auf.
Ulrich sah unglücklich aus. Es ist bestimmt nicht schön, wenn es für alle eine Strafe ist, neben einem zu sitzen. „Zu dem Pickeltyp geh ich nicht“, sagte Oliver. „Da muss ich ja kotzen!“
Ein paar Leute kicherten, aber nur leise.
Jetzt sah der Senger richtig gefährlich aus. „Wenn du schon so rüpelhafte Sachen sagen musst“, sagte er, und seine Stimme war so leise, dass die ganze Klasse mucksmäuschenstill war, „dann solltest du wenigstens gepflegtere Wörter benutzen. ‚Kotzen‘ gehört sicher nicht dazu, merk es dir, dann hast du in dieser Stunde wenigstens etwas gelernt.“
Wieder kicherten einige. Wenn er wütend war, wurde der Senger witzig. Nur für den Schüler, um den es ging, war es natürlich überhaupt nicht komisch.
Aber merkwürdigerweise tat mir Oliver nicht mal richtig Leid. Obwohl ich ihn trotzdem noch liebte, klar. Aber Ulrich saß jetzt ganz eingesunken da und seine Ohren waren noch röter, als sie es sonst immer waren, wenn er mich ansah.

Ich finde es auch eine Zumutung, neben Ulrich sitzen zu müssen. Er ist ja nicht nur picklig, er ist noch nicht mal so gut in der Schule, dass man von ihm abschreiben könnte. Und sympathisch ist er schon gar nicht, wenn ich auch nicht genau erklären kann, was ich damit meine. Solche wie Ulrich dürfte es nicht geben, finde ich. Solche, die keiner mögen kann, höchstens bedauern. Ulrich ist durch und durch ein Fehlgriff der Schöpfung, und das ist ungerecht.

„Der Platz neben Ulrich ist immer noch frei", sagte der Senger, und seine Stimme klang langsam drohend. „Aber du kannst natürlich auch gleich vor die Tür gehen."

„Ja, danke schön", sagte Oliver und setzte sich in Bewegung.

„Dein Heft nimmst du selbstverständlich mit", sagte der Senger. „Es wird mich freuen, es hinterher durchzusehen."

Oliver ging. In der Tür drehte er sich noch einmal zu uns um und hob grinsend die Hand zum Sieges-V.

Natürlich war das mutig von Oliver, aber bestimmt nicht auf eine nette Weise mutig. Ulrich saß ganz tief über seinen Tisch gebeugt und schrieb als Einziger die Übung in sein Heft.

In der Pause baute Oliver sich vor ihm auf und schnipste mit dem Zeigefinger Ulrichs Filzstifte einzeln vom Tisch. Dann stieß er sie mit dem Fuß in alle Richtungen. „He", sagte Ulrich, aber er traute sich nicht Oliver dabei anzugucken. „Lass das." Das sagte er ziemlich leise. Man konnte es nur verstehen, wenn man direkt neben ihm stand.

„Nur nicht frech werden, Kleiner", sagte Oliver und hielt Ulrich seine Faust direkt unter die Nase. „Beim nächsten Mal setzt es was, merk dir das!"

Ulrich hatte Oliver überhaupt nichts getan, aber man konnte ja verstehen, dass Oliver wütend war, und den Senger konnte er schließlich nicht verprügeln. Trotzdem tat Ulrich mir Leid. Wenn es nicht gerade Oliver gewesen wäre, hätte ich ihm jetzt beigestanden. Aber dann hätte mir auch kein verführerischer Gang mehr genützt. „Lass Ulrich in Ruhe“, sagte Olaf. Er fing an, die Filzstifte aufzusammeln, und legte sie wieder ordentlich auf Ulrichs Tisch. Olaf mochte Ulrich wahrscheinlich auch nicht übermäßig. Aber jetzt ging Oliver ihm wohl zu weit. Ich fand Olaf plötzlich richtig gut.

„Setz dich doch selber zu Pickel-Ulli“, sagte Oliver und stieß Olaf in den Bauch.

Dann passierte das Fürchterliche.

Arne ging dazwischen und riss sie auseinander. „Doch nicht Olaf“, sagte er und schüttelte freundlich den Kopf. „Da freut sich unser Ulrich ja gar nicht. Cornelia möchte doch bestimmt gerne neben ihm sitzen, nicht, Schätzchen?“ Und er lächelte mich an, als wäre es ganz nett gemeint.

Manchmal ist es ein Wunder, dass man nicht stirbt vor lauter Peinlichkeit. Aber wahrscheinlich muss man dazu älter sein und ein schwaches Herz haben. Ich wurde jedenfalls nur rot.

„Idiot!“, sagte Katta zu Arne und legte ihren Arm um mich. „Komm, Nele“, und wir gingen zusammen auf den Hof.

Ulrich saß immer noch ganz still an seinem Platz. Vielleicht hätte er gerne geweint, aber ich glaube, noch nicht mal das traute er sich.

Was nachmittags zu Hause war, weiß ich nicht mehr. Ich war lebendig wie durch Watte.

Nur, dass ich Papa von Ulrich erzählte. Nicht alles, natürlich. Einfach, dass ihn keiner mochte und wie picklig er war.

„Was ihr für Probleme habt“, sagte Papa. „Da gibt es heutzutage die hervorragendsten Mittel. Und warum geht er nicht zum Hautarzt? Schlag ihm das mal vor.“ Für einen, der lange Lehrer war, versteht Papa wenig, dachte ich.

Und außerdem war ich die Letzte, die in Zukunft mit Ulrich reden würde. Für mich gab es den gar nicht mehr.

IX.

Diese Geschichte mit den geheimnisvollen kosmischen Kräften habe ich ernst gemeint. Weil es ja auch immer wieder rundum gute Tage gibt, und die kann man auch nicht erklären.

Zuerst tat sich in der nächsten Zeit mit Oliver noch gar nichts. Obwohl Katta und ich ständig in seiner Nähe waren und Katta sogar manchmal ein Gespräch mit ihm anfing, damit wir ihn besser kennen lernten. Ich konnte dann immer gar nichts sagen. Mein Kopf wurde plötzlich leer und mein Mund ganz trocken.

„Bald glaubt er, du bist taubstumm", sagte Katta.

Ich konnte verstehen, dass sie ärgerlich war, wo sie sich so viel Mühe gab, und ich spielte nicht mit. Ich konnte eben einfach nicht anders.

Das mit dem Gang hatte ich ein paarmal versucht, aber es schien auch nichts zu nützen. Ich kam mir nur albern vor. Für einen verführerischen Gang muss man schlank sein, glaube ich. Und so edle Kleider tragen. Bei mir wackelt immer nur der Po.

Parfum hatte ich aufgegeben. Schließlich hatte der Test bewiesen, dass es nutzlos war. Und Mama hatte sich schon darüber geärgert, dass sie den Flakon nicht richtig verschlossen hatte und so viel verdunstet war.

Aber einen richtigen Plan hatte Katta sich immer noch nicht ausgedacht.

„Immer dranbleiben“, sagte sie und half mir Oliver zu beschatten.
Und dann brauchte ich Katta doch nicht. Die Idee kam mir ganz alleine.
Manchmal gibt es bei uns Klassenmeisterschaften im Fußball. Das wird von keinem Lehrer organisiert, das denken sich die Jungs selber aus. Alle Nachbarschulen machen mit und manchmal ziehen sich die Spiele über Wochen hin. Unsere Jungs sind gar nicht so schlecht. Damals hielten sie sogar den Titel. Und den wollten sie im neuen Schuljahr natürlich verteidigen.
Deshalb hätte sich Torsten nicht gleich nach dem Viertelfinale den Arm brechen dürfen, aber zuerst dachten die Jungs noch, sie würden mit dem Endspiel so lange warten können, bis Torsten den Gips los war und spielen konnte. Nur, dass die anderen Klassen natürlich nicht blöd waren. Die sahen schließlich auch, dass hier ihre Chance lag, und sie bestanden auf dem festgesetzten Termin.
„Das war's denn wohl, Jungs“, sagte Olaf, als er am Morgen nach einer Ausschusssitzung in die Klasse kam. „Poliert schon mal den Pokal, damit wir ihn sauber abgeben können. Nächsten Mittwoch wird gespielt.“
„Ich brech zusammen!“, schrie Arne.
Wir waren alle ziemlich niedergeschlagen. Elf Spieler brauchten wir, und dreizehn Jungs hatten wir in der Klasse, und wenn das vielleicht auch ganz gut klingt, bedeutete es für uns trotzdem, dass wir keine Chance hatten. Torsten konnte sowieso nicht spielen und Mirko durfte nur ganz wenig Sport mitmachen, weil er Asthma hatte. Blieben elf Jungs übrig und einer von denen war Ulrich.
Ulrich hatte noch nie mitspielen dürfen. Wir waren uns nicht einmal sicher, ob er überhaupt wusste, was Fußball war.

„Mit zehn Mann können wir gleich in der Kabine bleiben“, sagte Benno. „In der D vom Holleberg haben sie einen Wiederholer dazugekriegt, der legt denen jedes Ei ins Netz.“

„In der A auch“, sagte Torsten und schlug mit der Handkante wütend gegen seinen Verband. „Und wir mit zehn Mann, da lassen wir es lieber gleich.“

„Irgendwer hatte letztes Jahr auch nur zehn Mann“, sagte ich. Man durfte sich nicht zu schnell unterkriegen lassen.

„Aber die haben auch alt ausgesehen, oder?“, fragte Arne.

„Dann spiel *ich* eben“, sagte Mirko. In der Pause spielte er auch manchmal einfach mit, und alle wussten, dass er gar nicht so schlecht war.

„Das ginge“, sagte Arne und sah richtig erleichtert aus. „Lass dich küssen, Junge!“

Aber Olaf schüttelte den Kopf. „Mirko kommt nicht in Frage“, sagte er.

Mirko wurde ein bisschen rot, und dann nickte er. „Okay“, sagte er.

Olaf legte ihm den Arm um die Schulter und klopfte auf seinen Oberarm. „Trotzdem danke“, sagte er.

Dann läutete es, und in der Mathestunde kreisten viele Zettel, auf denen das Problem diskutiert wurde. Kein Mensch hält es aus, fünfundvierzig Minuten nicht an so eine Tragödie zu denken.

Zweimal kamen auch bei Katta und mir Briefe vorbei. „Was ist mit Pickel-Ulli?“, stand auf dem einen. Auf der Antwort stand: „Als Attrappe oder was?“

Den zweiten fing der Mathelehrer ab, als der Zettel schon fast wieder bei Olaf angekommen war, und er wollte unbedingt wissen, was damit gemeint war. Leider konnte ihm niemand helfen.

Aber nach der Stunde war klar, dass Ulrich die einzige Möglichkeit war, wenn wir wenigstens so tun wollten, als hätten wir elf Spieler.
Ulrich hatte die ganze Zeit allein an seinem Tisch gesessen. Er traute sich meistens nicht, sich dazuzustellen, wenn wir etwas besprachen. Er tat dann immer so, als hätte er schrecklich viel zu tun. Dabei malte er nur komische Muster auf den Deckel von seinem Ringbuch.
„Würdest du es denn machen, Ulrich?“, fragte Olaf und ging zu seinem Tisch hinüber.
Ulrich wurde wieder rot und sah krampfhaft auf sein Ringbuch. Er sagte nichts und sah aus, als ob er überlegen müsste.
„Fußball, Ulrich!“, sagte Oliver und trat ganz dicht vor Ulrich hin. „Balla-balla, verstehst du? Balla rundes Ding, schieß-bum!“
„Lass das!“, sagte Olaf wütend und stieß Oliver zurück. „Spielst du oder nicht?“
Ulrich sah immer noch nach unten. Dann nickte er ein ganz kleines bisschen.
Vielleicht war es gemein von mir, was ich dann tat. Vielleicht hatte Ulrich sich ja trotz allem auf das Spiel gefreut, und vielleicht dachte er auch so wahnsinnige Sachen, dass er zum Beispiel für unsere Mannschaft in einer kritischen Situation das rettende Tor schießen oder wenigstens durch einen grandiosen Pass über das ganze Spielfeld die Vorlage dazu liefern würde. Und hinterher würden ihn alle feiern und sagen, dass es ohne Ulli schlecht ausgesehen hätte und wie sie ihn doch verkannt hatten all die Jahre.
Aber dazu kam es nicht.
„Ich könnte auch spielen“, sagte ich.
Als ich klein war, hatte ich oft Fußball gespielt. Mit den

Kindern in unserer Straße. Und ich glaube, ich war nicht schlecht.
Aber dann kamen wir in die Schule, und die Jungs gingen in den Fußballverein, und als ich auch wollte, erfuhr ich, dass Fußball kein Sport für Mädchen war. Papa versuchte trotzdem, dass sie mich im Verein nahmen, aber sie sagten, das hätte es noch nie gegeben, und so blieb ich eben draußen.
Auf dem Bolzplatz spielte ich dann immer noch Fußball mit den anderen, aber die gaben jetzt manchmal an mit Sachen, die sie im Verein gelernt hatten, und die konnte ich natürlich nicht. Auch wenn ich mir vieles abguckte. Sie ließen mich aber meistens doch mitspielen. So schlecht konnte ich also nicht sein.
„Bloß keine Weiber!", sagte Arne.
Aber Torsten wurde ganz aufgeregt. „Logisch!", sagte er. „Cornelia ist ganz okay, wir nehmen sie in die Abwehr, und Arne geht in den Sturm. Logisch!" Er war ganz begeistert.
„Weiber sind nicht zugelassen", sagte Arne.
„Doch", sagte Olaf. „Die D spielt auch mit Marika." Er sah Ulrich nicht an dabei.
Ulrich sagte gar nichts. Er saß an seinem Platz und malte komische Muster auf seinen Ringbuchdeckel.

„Was sollte das eigentlich?", fragte Katta, als wir unsere Räder nach Hause schoben.
Ich hätte nicht gedacht, dass sie so begriffsstutzig sein konnte. Schließlich hatte sie schon zweimal einen Freund gehabt und musste wissen, dass man manchmal Ideen haben muss. Das sind die Waffen der Frau, die gehen verschlungene Pfade.
„Ich spiele einfach spitzenmäßig", sagte ich. „Dann muss Oliver mich doch gut finden, glaubst du nicht?"

Vielleicht fand Oliver sportliche Mädchen sowieso besser. Wo das mit dem Gang und dem Parfum nicht gewirkt hatte.

„Ach so", sagte Katta.

„Oder glaubst du nicht?", fragte ich. Mama und Papa sagten immer, nichts wäre so wichtig für eine Beziehung wie gemeinsame Interessen. Und das war doch ein gemeinsames Interesse: Fußball spielen.

„Doch, doch", sagte Katta. Irgendwie sah sie nicht so richtig begeistert aus. „Doch, klar", sagte sie.

Ich war froh. Wenn man jemanden liebt, findet man auch den Weg zu seinem Herzen. Das ist doch logisch.

„Telefon für dich", sagte Papa am Nachmittag, als ich mit Walkman am Schreibtisch saß und überlegte, ob ich wirklich in der Mathestunde so lange nicht aufgepasst oder nur die falschen Aufgaben abgeschrieben hatte.

Ich nahm den Kopfhörer ab. Die Musik klang nur noch ganz leise und scheppernd.

„Ein junger Mann", sagte Papa, als ich schon fast am Telefon war.

Ich kannte keine jungen Männer, aber ich merkte, wie ich von innen schon wieder ganz taub und starr wurde.

„Hallo?", sagte ich. „Ja?"

„Hast du Schuhe mit Stollen, ej?", fragte Oliver am anderen Ende. Nicht besonders freundlich. Aber das war Tarnung. Das musste alles Tarnung sein. Jetzt rief er mich schon an! Es musste diese Geschichte mit den gemeinsamen Interessen sein. Dabei hatte ich gar nicht geglaubt, dass es so schnell funktionieren würde.

„Bist du noch dran, ej?", sagte es am anderen Ende. Ziemlich ungeduldig, fand ich. Aber das konnte man ja auch verstehen.

„Doch", sagte ich.
Ich habe sonst keine Schwierigkeiten zu telefonieren. Ich telefoniere sogar gerne. Mit Katta zum Beispiel. Dann nehme ich mir ein Kissen mit und wir reden richtig lange. Meistens finde ich Telefonieren gemütlich.
Aber nicht mit Oliver. Da fand ich es fast noch schlimmer als in der Schule mit ihm zu reden.
„Hast du nun, oder was?", fragte Oliver.
„Eh ... nein", sagte ich. Wie sollte er mich gut finden, wenn ich so wenig sagte! „Keine Stollenschuhe, nein", sagte ich.
„Kannst du von mir haben", sagte es am anderen Ende. „Ich bring morgen meine alten mit in die Schule." Dann knackte es. Der Hörer war aufgelegt.
Ich saß ganz still. Mein Herz schlug so laut wie mit einem Verstärker. Ich kriegte Fußballschuhe von Oliver. Ich kriegte Fußballschuhe von Oliver! Das war fast noch besser als seine Locke an meinem Herzen.
In der Küche hörte ich Papa singen. Ich ging schnell in mein Zimmer, damit er mich nichts fragte. Mein Plan war tausendmal besser, als ich erwartet hatte.
Liebe überwindet eben alle Schranken.

X.

Ich hätte mir denken können, dass Oliver größere Füße hatte als ich. Sogar die Schuhe, die ihm zu klein geworden waren, saßen bei mir noch viel zu locker.
Torsten bot mir an, ich könnte seine haben, die hatten meine Größe, aber ich sagte, dass ich sowieso lieber in dicken Socken spielen wollte, weil ich so leicht kalte Füße bekam.
„Beim Fußball?“, fragte Arne.
„Gerade beim Fußball“, sagte Katta und kicherte.
Beim Training würde ich Watte in die Spitzen stecken, das ging ganz gut. Mit diesen Schuhen musste ich einfach spielen können. Sie rochen nach altem Leder und Füßen, und sie gehörten Oliver.
Katta kam mit zum Training. „Besser ist besser“, sagte sie. „Damit ich sehe, wie er auf dich anspringt.“
Es war nett von Katta. Sie hatte ein fantastisches Make-up aufgelegt, und sie sagte, das musste sie einfach nachmittags machen, weil ihre Mutter es ihr zur Schule nicht erlaubte. Ihre Jacke war auch neu. Nur zum Zugucken beim Training sah Katta fast zu gut aus.
Ich war aber auch nicht schlecht. Ich hatte die Stollenschuhe von Oliver an und meinen neuen Jogginganzug, und um die Stirn hatte ich so ein Schweißband, wie man es eigentlich beim Tennisspielen trägt, aber ich fand, es passte gut.
„Das wird, Männer, das wird“, sagte Torsten, nachdem Ben-

no uns eine halbe Stunde durch die Gegend gehetzt hatte. „Cornelia bringt das in der Abwehr, keine Probleme."
„Na bitte", sagte Olaf und schlug mir auf den Rücken wie mit einem Presslufthammer.
Ich war nass geschwitzt und meine Frisur war bestimmt im Eimer, ich war zweimal hingefallen und mein Jogginganzug musste hundertprozentig in die Maschine, aber ich fühlte mich gut. Jetzt wussten alle, dass ich besser war als Ulrich und dass es richtig gewesen war, sich für mich zu entscheiden.
Oliver lehnte am Zaun, schwenkte die Arme weit und unterhielt sich mit Katta. Katta lachte und legte dabei den Kopf hübsch auf die Seite, und dann sah sie mich und winkte, und ich ging auf die beiden zu. Es ist dumm, dass man mit Stollen so eierig geht, man muss die Füße zu sehr anheben, und für einen verführerischen Gang ist das bestimmt ungünstig. Aber jetzt brauchte ich ja auch keinen verführerischen Gang mehr. Jetzt wusste Oliver, dass ich Fußball spielen konnte, und wir hatten eine gemeinsame Leidenschaft.
„Dann lasse ich euch Fußballer mal allein", sagte Katta und zwinkerte mir zu. „Ihr habt bestimmt noch einiges zu besprechen." Sie drehte sich um und winkte noch einmal kurz. Wenn sie sich bewegte, roch es so ähnlich wie Mamas Festlichkeitenparfum, aber nur gerade eben. Katta hatte es fantastisch gemacht, dachte ich. Sie hatte mit Oliver gesprochen, damit ich unauffällig dazukommen konnte, und jetzt ging sie weg und ließ mich wieder unauffällig mit ihm allein. Irgendwann musste ich auch mal etwas für Katta tun.
Oliver sah ihr nach, dann drehte er sich zu mir um. „Ich erklär dir das noch mal", sagte er. Er war genauso verklebt wie ich und roch nach Schweiß. Wahrscheinlich roch ich auch.

„Aber versuch bloß keinen Alleingang“, sagte Oliver. „Das schaffst du nicht, klar? Den Mann eng decken, das ist es, und sonst hältst du dich zurück.“

Ich nickte. Wir waren bei unseren Rädern angekommen und schlossen sie auf. Katta war nirgends mehr zu sehen.

„Ich bring dich noch ein Stück“, sagte Oliver und schob sein Rad neben mir her.

Meine Knie wurden ganz zitterig. Oliver erklärte mir die anderen Mannschaften und wer gefährlich war und wie ich spielen sollte, und manchmal blieb er einfach stehen und zeichnete mit dem Fuß in den Sand. Und ich sagte, dass ich alles verstand, aber in Wirklichkeit schlug mein Herz so fürchterlich, dass ich überhaupt nicht richtig zuhören konnte. Ich wusste, dass das jetzt endlich die Liebe war, wie ich sie aus dem Fernsehen kannte, und alles andere würde schon noch kommen.

„Hier“, sagte Oliver. Er gab mir einen Kaugummi und wickelte sich selber auch einen aus.

Ich kaute ganz, ganz langsam. Es schmeckte nach Pfefferminz. Das würde es heute Abend nicht mehr tun, aber ich würde den Streifen trotzdem weiterkauen, und heute Nacht würde ich ihn unter den Schreibtisch kleben.

Oliver hatte mich schwermütig angesehen und mir Schuhe geliehen und mir einen Kaugummi geschenkt.

Irgendwann würde er bestimmt auch aufhören, so schüchtern zu sein.

Zu Hause kullerte Gussi sechs von meinen alten Murmeln über den Flur und bemerkte mich überhaupt nicht. „Schon wieder führt unser Deutscher im 400-m-Lauf, meine Damen und Herren, das wird schon wieder eine Medaille für unsere Jungs“, brüllte er, und seine Stimme klang genauso hektisch wie die der Sportreporter im Fernsehen immer. Er gab den Murmeln wieder einen Schubs, dass sie alle ein bisschen nach vorne rollten, aber dann legte er die grüne und die gelbe wieder ein Stück zurück und gab dafür der roten noch einen Stoß extra. „Das war knapp, meine Damen und Herren, aber jetzt, wunderbar, wunderbar!“, schrie Gussi. „Die Ziellinie ist schon in Sicht!“

„Du schummelst“, sagte ich und legte die rote Murmel wieder so hin, dass sie hinter die gelbe und die grüne kam.

Gussi sprang auf. „Du Doofe!“, schrie er. „Gib mir den Deutschen wieder!“

„Der wird disqualifiziert“, sagte ich und hielt die rote Murmel hoch in die Luft, dass Gussi nicht herankam.

„Du Doofe“, schrie Gussi wieder und sprang nach meiner Hand, aber er war zu klein.

„Außerdem sind das meine Murmeln“, sagte ich und hielt mir Gussi mit der linken Hand vom Leibe.

Gussi gab auf. Er hatte jetzt Tränen in den Augen und sammelte auch die restlichen Murmeln ein. Dann rannte er damit in sein Zimmer.

„Wiederholen ist gestohlen!“, schrie er und knallte die Tür hinter sich zu.

Es war mir egal, dass Gussi mit meinen Murmeln spielte, ich war sowieso schon seit Jahren zu alt dafür. Und meinetwegen konnte er auch Sportreporter sein und die rote Murmel gewinnen lassen, ich konnte mir nicht vorstellen, dass die gelbe und grüne deswegen unglücklich waren. Aber den Flur brauchte ich jetzt für mich, weil ich da telefonieren wollte, und darum war es einfach nötig gewesen, dass Gussi aufhörte.

„Katta?“, sagte ich, als am anderen Ende der Hörer abgenommen wurde. „Er hat mir einen Kaugummi geschenkt!“

Das Kaugummi spürte ich in der rechten Backe. Es schmeckte immer noch ein ganz klein wenig nach Pfefferminz.
„Gut“, sagte Katta. Sie klang nicht so überwältigt, wie ich gehofft hatte. Vielleicht hatte sie gedacht, er würde mich gleich küssen.
„Ein bisschen schüchtern ist er wahrscheinlich immer noch“, sagte ich. „Aber Kaugummi ist doch schon ganz gut, oder?“
„Klar“, sagte Katta. „Ich bin nur jetzt nicht so in Stimmung, tut mir Leid.“
Ich sagte gar nichts. Ich kannte Katta. Sie würde schon von allein erzählen.
„Bei uns ist dicke Luft“, sagte Katta. „Meine Eltern haben sich vorhin gestritten. Richtig laut und wo ich dabei war.“
„Ehrlich?“, sagte ich. Aber so schrecklich fand ich das wirklich nicht. Schließlich weiß man, dass auch Eltern nicht immer einer Meinung sind.
„Mein Vater hat meiner Mutter verboten, weiter nach einer Stellung zu suchen“, sagte Katta. „Er sagt, wir haben das nicht nötig, und wenn es bekannt wird, glauben alle, seine Firma ist bankrott und die Auftragslage steht schlecht. Und meine Mutter hat gesagt, sie sieht nicht ein, was ihre Selbstverwirklichung mit der Firma zu tun haben soll, und mein Vater hat gesagt, solche Wörter kämen in seinem Haus nicht auf den Tisch, und wenn sie jetzt auch eine Emanze werden will, kann sie gleich ihre Koffer packen, schließlich soll sie ihm nicht das Kind versauen.“
„Welches Kind?“, fragte ich.
„Mich!“, sagte Katta. „Er sagt, sie soll gefälligst ein Vorbild für mich sein und dass er sein ganzes Leben nur für meine Mutter und mich gearbeitet hat, fast bis zum Herzinfarkt, und jetzt lässt sie sich von diesen Weibern anstecken, die

nur neidisch auf die Männer sind und von Emanzipation reden, weil sie zum Heiraten zu hässlich sind."

„Und?", fragte ich.

„Meine Mutter hat angefangen zu heulen und ist rausgerannt, und mein Vater hat sich einen Whisky eingeschenkt", sagte Katta.

„Pamela Ewing arbeitet auch", sagte ich. „Und Krystle Carrington." Daran konnte man sehen, wie blöde Kattas Vater war, dachte ich. Kein Mensch kam auf den Gedanken, dass Bobby Ewing oder Blake Carrington pleite waren, nur weil ihre Frauen sich selbst verwirklichten. So viel anders würde es wohl bei Kattas Mutter auch nicht sein.

„Die sind beide Arschlöcher!", sagte Katta und legte auf. Ihre Stimme hatte am Schluss geklungen, als ob sie gleich weinen wollte.

Ich überlegte, ob ich noch einmal zurückrufen sollte, um sie zu trösten, aber Papa kam gerade mit einem Wassereimer aus dem Badezimmer, und ich wusste, dass er gegen zu viel Telefonieren etwas hatte.

„Wie war das Training?", fragte Papa im Vorbeigehen.

„Gut", sagte ich. Da ging Gussis Zimmertür auf, und meine Murmeln knatterten eine nach der anderen auf den Flur.

„Die Ausländer kannst du wiederhaben!", schrie Gussi. „Die sind auch verqualifiziert!"

„Danke schön", sagte ich und hob die Murmeln extra langsam auf.

Gussi schoss an mir vorbei in die Küche.

„Und im Zehnkampf, Papa?", rief er. „Sind wir da aber Meister?"

Mit der Zunge fühlte ich in meine rechte Backe. Das Kaugummi war noch da und schmeckte immer noch ganz, ganz leicht nach Pfefferminz.

XI.

Ich hätte mich nicht über Kattas Eltern aufregen sollen. Oder darüber, dass Katta sich den Streit gleich so zu Herzen genommen hatte. Wenn man über andere den Kopf schüttelt, kommt es bekanntermaßen bei einem selber manchmal noch viel dicker.

Mama kam nach Hause und schleuderte gleich hinter der Tür ihre Schuhe von den Füßen.

„Oh, ihr Lieben", sagte sie und ließ sich auf einen Küchenstuhl plumpsen.

Papa gab ihr einen Kuss auf die Stirn und fing an Kaffee zu kochen. „So schlimm?", fragte er.

Mama nickte nur und massierte sich mit der rechten Hand den Nacken.

„Arno hat vom Tennisplatz angerufen und mich gefragt, ob ich beim Hallenturnier mitmache", sagte Papa und zählte die Messbecher mit dem Kaffeepulver ab. „Es ist erst in vier Wochen."

Früher hatte Papa viel Tennis gespielt. „Mein Luxus", hatte er dazu gesagt. Aber seit Mama arbeitete, war er nicht mehr gegangen.

Mama setzte sich gerade hin. „Und?", fragte sie. „Hast du zugesagt?"

„Klar", sagte Papa.

„Aber wie soll das denn gehen?", fragte Mama.

„Keine Sorge", sagte Papa. „Arno bringt mich bis dahin

schon wieder in Form. Wir trainieren dreimal die Woche. Sonnabends und sonntags und dann noch an einem Wochentag, wenn es dir recht ist, Schatz."

„Wenn es mir recht ist?", fragte Mama, und ihre Stimme hörte sich zitterig an. „Das ist dir doch offensichtlich ganz egal!"

„Aber Schatz", sagte Papa. Er klang verwirrt.

„Du trainierst ja nur dreimal die Woche", sagte Mama. „Und hinterher gehst du jedes Mal nur zwei Stunden in die Sauna und trinkst noch ein Bier und was weiß ich. Die Kinder sind bei mir ja gut aufgehoben, und die Arbeit, die deswegen liegen bleibt, werde ich schon erledigen, nicht? Und wenn du wieder ein Brot brauchst, um damit anzugeben, werde ich es dir schon backen, nicht? Aber ich backe dir auch eine Torte", rief Mama, „klar, nach der Arbeit, gerne, und am Wochenende, ich putze auch weiter das Bad, damit du zu deinem Turnier kannst, klar, klar, klar!"

Papa war erschrocken. Er ließ die Kaffeemaschine stehen und kam zu uns an den Tisch.

„Ilse", sagte er. „Ich mache das doch nicht, damit du noch mehr Arbeit hast. Das müssen wir einfach irgendwie regeln, bestimmt ..."

„Ja, irgendwie!", rief Mama. „Und irgendwie bin immer ich!" Sie schüttelte Papas Hand von ihrem Arm, wie es sonst nur Gussi tat. „Ich habe nichts dazu gesagt, dass ich jeden Abend noch Hausarbeit machen musste, ich weiß, dass es viel für dich ist", sagte Mama, „aber ich habe gedacht, es wird allmählich besser. Stattdessen halst du mir immer nur mehr auf und merkst es nicht einmal!"

Bisher hatte Papa ruhig zugehört. Bestimmt hatte er versucht, Mama zu verstehen. Aber jetzt wurde er auch wütend.

„Und du?“, fragte er. „Hast du eigentlich mitgekriegt, dass ich noch nicht *einmal* Freizeit ohne die Kinder hatte, seit du arbeitest? Ich weiß ja schon gar nicht mehr, wie es ist, sich mit erwachsenen Menschen zu unterhalten oder mal keinen Säugling auf dem Arm zu haben!“
Die Tür wurde vorsichtig einen Spaltbreit geöffnet. Gussi lehnte sich gegen den Rahmen und sah in die Küche.
„Glaubst du denn, bei mir war das all die Jahre anders?“, fragte Mama. „Und bin ich auf den Gedanken gekommen, dreimal die Woche Tennis zu spielen und dich die ganze Hausarbeit machen zu lassen?“
„Hättest du es bloß getan!“, rief Papa. „Dann hätte ich mir vielleicht seltener ein missmutiges Gesicht ansehen müssen!“
Mama sprang auf. Sie war weiß im Gesicht.
„Danke schön“, sagte sie. „Vielen Dank! Jetzt kriege ich auch noch Vorwürfe dafür zu hören, dass ich hier jahrelang die Arbeit allein gemacht habe!“ Sie hob ihre Schuhe vom Boden auf und zog sie an. Den Mantel warf sie sich nur über den Arm. Die Wohnungstür knallte laut ins Schloss.
„Ilse ...“, sagte Papa und streckte den Kaffeefilter in Richtung Tür.
„Sie ist weggegangen“, sagte Gussi und kam in die Küche. Seine Stimme klang ein bisschen gequetscht. „Wo ist sie denn hin?“
„Weiß ich nicht“, sagte ich und knuddelte Gussi ganz fest. Dann war es fast so, als wenn mich einer in den Arm genommen hätte.
„Du hast sie zu doll ausgeschimpft!“, sagte Gussi und guckte Papa böse an. „Jetzt ist sie uns weggelaufen und kommt nicht mehr wieder!“
„Klar kommt sie wieder“, sagte Papa, aber sein Gesicht sah aus, als wäre er sich da keineswegs sicher.

Da bekam ich erst richtig Angst. Natürlich weiß ich, dass Mama und Papa sich streiten, das haben sie uns ja beigebracht. Aber sie laufen am Schluss nicht weg. Sie reden so lange, bis es wieder in Ordnung ist, und umarmen sich dann.
Mama hatte nicht so ausgesehen, als wollte sie Papa überhaupt jemals wieder umarmen. Oder von ihm umarmt werden. Mama hatte ausgesehen wie überhaupt noch nie.
„Das sagst *du!*", sagte Gussi und machte sich von mir los. „Aber wenn sie sich nun verläuft?"
Er lief über den Flur zu seinem Zimmer und machte die Tür auf. Dann drehte er sich noch einmal zu Papa um. „Du sollst mich nicht ins Bett bringen, Nele soll das!", rief er. „Zähne putze ich aber nicht, dass du das weißt!" Aus dem Kabuff hörte man Jakob weinen. Papa ging, um ihn zu holen. Im Vorbeigehen zog er mich kurz an sich. „Ach Mensch, Nele", sagte er.

Es war kein Wunder, dass ich abends nicht einschlafen konnte. Ich lag im Dunkeln und horchte, ob Mama nach Hause kam. Nicht einmal lesen konnte ich.
Ab und zu fühlte ich in meine rechte Backe, wo das Kaugummi saß. Es schmeckte nicht mehr nach Pfefferminz, aber es war da, und das tröstete mich ein bisschen. Ziemlich spät hörte ich, wie leise die Wohnungstür geöffnet wurde. Ich wartete darauf, dass Mama ins Wohnzimmer zu Papa ging und ich Stimmen hörte. Meinetwegen auch wütende Stimmen. Aber Mama zog sich nur im Flur ihre Schuhe und ihren Mantel aus. Dann ging sie direkt ins Schlafzimmer.
Ich stand auf und klebte das Kaugummi unter meinen Schreibtisch. Bei Oliver und mir würde alles anders werden, das wusste ich. Wir würden uns überhaupt nie richtig streiten müssen. Wir liebten uns ja.

XII.

Das Frühstück am nächsten Morgen war eisig. Das war Kattas Wort. Aber jetzt stimmte es auch für uns.
„Ich hätte gerne noch Kaffee", sagte Mama.
„Da, bitte", sagte Papa und schenkte ihr ein.
„Gibst du mir bitte mal die Butter", sagte Papa.
„Bitte", sagte Mama.
Dann sagten sie nichts mehr und aßen nur still vor sich hin.
Ich ging früher zur Schule als sonst.
Auf dem Mädchenklo erzählte Katta, dass ihre Eltern immer noch verkracht waren.
„Meine jetzt auch", sagte ich.
„Und nur wegen dieser blöden Emanzipation", sagte Katta. „Siehst du es jetzt endlich ein?"
Ich schüttelte den Kopf. Aber langsam war ich mir nicht mehr so sicher, ob Katta nicht doch Recht hatte.
In der Pause blieb ich immer so dicht bei Oliver, dass er mich ansprechen konnte, wenn er wollte, aber er spielte nur mit Arne und Mirko Bierdeckelditschen und sah mich überhaupt nicht.
Es machte mich nicht traurig. In der rechten Backe fühlte ich wieder das Kaugummi.

Zu Hause saß Papa am Telefon und gab Jakob mit der linken Hand die Mittagsflasche. Mit der rechten blätterte er hektisch im Telefonbuch.

„Nimm ihn mir bloß mal ab“, sagte er, als er mich sah. Papa sah ziemlich verstört aus.
„Was ist denn los?“, fragte ich. Jakob quäkte ein bisschen, weil ihm beim Herüberreichen der Sauger aus dem Mund gerutscht war.
„Wie heißt diese Kindergartenerzieherin von Gussi?“, fragte Papa. „Werremeier? Oder Sengelmeier? Weißt du denn das nicht!“
„Werremeier“, sagte ich und sah zu, wie Papa im Telefonbuch die Werremeiers heraussuchte. Leider gab es mehrere. Papa rief sie alle an. Inzwischen wurde Jakob unten feucht, aber ich hatte keine Lust ihn alleine zu wickeln.
Beim Wählen erzählte mir Papa, was passiert war. Gussi war nicht mehr im Kindergarten gewesen, als er ihn abholen wollte, aber das hatte Papa nicht sehr beunruhigt. Er war ohnehin zehn Minuten zu spät dran und hatte gedacht, dass Gussi darum vielleicht mit Berni und seiner Mutter mitgegangen war, die nur ein paar Häuser weiter wohnten. Deshalb hatte er sich beeilt, aber bei Berni war Gussi auch nicht gewesen. Überhaupt war Gussi nicht mehr Bernis Freund, hatte Berni gesagt, weil Gussi blöd war. Er hatte Berni im Kindergarten zweimal seinen selbst gebastelten Klorollenhund kaputtgemacht, und als Berni das der Erzieherin gesagt hatte, hatte Gussi ihn alte Petze und Stinktier genannt. Deshalb wollte Berni ihn nie mehr mit zu sich nach Hause nehmen, und er hatte auch nicht gewusst, wo Gussi sonst sein könnte. Er hatte nur vermutet, dass Gussi vielleicht von einem Kinderräuber mitgenommen worden war, und das geschähe ihm nur recht.
Dann war Papa nach Hause gerast, aber da war Gussi auch nicht. Und jetzt suchte Papa die Telefonnummer der Erzie-

herin, aber drei Werremeiers nahmen nicht ab und die anderen hatten mit dem Kindergarten nichts zu tun.
„Wir müssen die Polizei rufen", sagte Papa und goss sich einen Kognak ein. „Was meinst du, Nele?"
Da klingelte das Telefon. Ich hob den Hörer ab. „Gott sei Dank", sagte eine Frauenstimme am anderen Ende, „ich versuche seit einer Stunde, Sie zu erreichen, aber zuerst hat keiner abgenommen und dann war ständig besetzt. Hier ist die Mutter von Sascha."
Die Frau dachte wohl, ich wäre Mama.
„Ihr Sohn ist bei uns", sagte die Frau. „Er geht nie mehr wieder nach Hause, sagt er, und wir sind auch nur eine Zwischenstation auf dem Weg in die weite Welt, glaube ich. Er sagt, bei ihm zu Hause sind alle doof, und ich musste schwören, niemandem zu sagen, dass er bei uns ist. Zurzeit spielt er mit Sascha auf dem Hof, deshalb wollte ich die Gelegenheit nutzen und den Schwur brechen."
„Danke schön", sagte ich. „Wir haben uns schon große Sorgen gemacht wegen meinem Bruder."
Papa stand neben mir und wollte unbedingt den Hörer haben.
„Ach, er ist Ihr Bruder", sagte die Frau. Sie klang sympathisch. Es war nett, dass sie mich weiter siezte.
„Ich dachte, er bleibt am besten so lange bei uns, wie er will, was meinen Sie? Ich glaube nicht, dass es gut wäre, ihn jetzt mit Gewalt nach Hause zu schleppen."
„Auch über Nacht?", fragte ich.
„Natürlich", sagte die Frau. „Soweit ich mich erinnere, fängt Abhauen überhaupt immer erst mit dem Übernachten richtig an. Und Schlafanzüge haben wir genug. Ich ruf dann noch mal an und gebe einen Lagebericht."
„Danke", sagte ich, aber die Frau hatte schon aufgelegt. Sie

schien die Sache nicht allzu tragisch zu nehmen. Sie wusste ja auch nicht, dass Gussi allmählich wirklich Grund hatte, von zu Hause wegzuwollen.

„Na?", fragte Papa ungeduldig. „Wo ist er?"

Während wir Jakob wickelten, erzählte ich. Papa nahm sich noch einen Kognak. Das tat er am Tag sonst nie.

„Lange geht das nicht mehr so", sagte er. „Erst das Bettnässen und jetzt dies. Und dabei tu ich doch wirklich, was ich kann. Ich bin mir natürlich sicher, deine Mutter tut das im Prinzip auch", sagte Papa.

Ich nickte.

„Oder findest du es falsch, dass ich Tennis spielen will?", fragte Papa.

Ich schüttelte den Kopf. Ich konnte schon verstehen, dass er auch mal etwas anderes tun wollte als immer nur putzen und kochen und Kinder hüten.

„Deine Mutter findet es offenbar falsch", sagte Papa und nippte an seinem Glas.

Ich mochte es nicht, wenn Papa „deine Mutter" sagte, wenn er Mama meinte. Es bedeutete, dass er noch immer ziemlich böse auf sie war.

„Weil sie es ungerecht findet", sagte ich. „Weil sie so was nicht gemacht hat, als sie nur zu Hause war. Und du hast ihr damals auch nicht besonders geholfen. Und jetzt hilft sie dir schon so viel und du willst auch noch Tennis spielen."

Papa spielte mit seinem Glas. Jakob hing quer über seinen Knien und schnaufte zufrieden im Schlaf.

„Das ist mir doch alles klar!", sagte Papa. „Aber warum hat sie nicht mal einen Ton gesagt? Ich hatte damals doch keine Ahnung, wie es ist, den ganzen Tag Hausfrau zu sein. Ich hab doch gedacht, sie hat so wenig zu tun, da hat sie viel Zeit für sich, das ist fast wie Urlaub! Aber sie kann sich jetzt

schließlich ziemlich genau vorstellen, wie ich mich fühle, sie müsste doch verstehen können, dass ich mal raus will!"
„Ja", sagte ich. Papa hatte Recht. Aber trotzdem stimmte es irgendwie nicht. Ich hatte auch Mama verstehen können, gestern jedenfalls. Aber jetzt verstand ich Papa besser.
„Und deshalb geh ich auch zum Tennis", sagte Papa und stand auf. „Wo Gussi ist, wissen wir, Jakob schläft, deine Mutter kommt demnächst nach Hause, besser könnte es gar nicht sein."
Er trug Jakob in sein Bett und deckte ihn zu.
„Du kannst deiner Mutter ja sagen, wo ich bin", sagte Papa. Er packte seine Tennissachen und zog sich um.
„Vielleicht wird es später", sagte er und tippte mir zum Abschied auf die Nase. „Sei lieb zu Jakob."
Ich sah ihm aus dem Küchenfenster nach. Wenigstens hätte er zuerst noch mal mit Mama reden sollen, dachte ich. Wenn Papa nicht Papa wäre, würde ich jetzt denken, er geht nur aus Trotz.

Als zwei Stunden später das Telefon klingelte, dachte ich, es wäre die Mutter von Sascha.
„Was ist mit dem Spiel morgen, ej?", sagte es am anderen Ende. Von einer Sekunde zur anderen wurde mir schlecht. Jetzt rief Oliver mich schon zum zweiten Mal an! In genau diesem Augenblick fing Jakob an zu brüllen. Er wachte oft vom Telefonläuten auf.
„Moment", sagte ich und rannte in Jakobs Zimmer.
„Mem-mem-mem-mem-mem!", sagte Jakob und griff mir ins Gesicht. „Erre!"
Ich packte ihn fest mit dem linken Arm und rannte zum Telefon zurück. „Das war nur mein kleiner Bruder", sagte ich. „Der ist aufgewacht."

„Echt?“, sagte Oliver. Es klang nicht sehr interessiert. „Wir treffen uns eine halbe Stunde vorher, um uns warm zu machen, okay?“

„Ja“, sagte ich. Ich versuchte die ganze Zeit, Jakob daran zu hindern, sich von meinem Arm auf das Telefon zu schmeißen, und langsam wurde er laut. Wenn Jakob das Telefon haben wollte, wollte er das Telefon haben. Er fing wieder an zu brüllen.

„Mann“, sagte Oliver am anderen Ende. „Schreit der, oder was?“

„Ja“, sagte ich. Allmählich wurde ich wütend und verzweifelt. Hier wäre die Gelegenheit gewesen, mit Oliver zu reden, ganz in Ruhe, und ausgerechnet jetzt musste Jakob einen Affentanz aufführen wie verrückt.

„Stimmt das echt, dass dein Vater nicht arbeitet, ej?“, fragte Oliver. „Dass der kocht und so?“

Ich wusste nicht, warum mir die Frage so fürchterlich war.

„Ja“, sagte ich. „Das stimmt.“

Dann fiel mir etwas ein. „Woher weißt du das?“, fragte ich.

„Katta“, sagte Oliver. „Echt, ej?“ Dann lachte er. Sein Lachen fand ich nicht so sympathisch wie sonst fast alles an ihm.

„Halbe Stunde früher, klar?“, fragte Oliver. Er lachte nicht mehr. Dann hatte er aufgelegt.

Jakob schrie und wollte den Hörer haben.

„Das denkst du aber nur, du Balg“, sagte ich und legte Jakob auf seine Strampelmatte auf dem Boden. Ich hätte ihn am liebsten hingeschmissen, aber natürlich tat ich es doch nicht.

Jakob schrie wie verrückt. Er hatte keine Lust auf dem Boden zu liegen.

„Ja, schrei nur, schrei nur", sagte ich und ging in die Küche, um mir ein Jogurt aus dem Kühlschrank zu holen. „Ich hab wohl auch noch meine Rechte!"
Sollte er doch brüllen. Mir hatte er schließlich das ganze Gespräch mit Oliver kaputtgemacht.
Jakobs Geschrei bekam kleine Pausen, so erschöpft war er. Er konnte nicht mehr ununterbrochen brüllen, er musste zwischendurch nach Luft schnappen. In den Pausen tat er mir Leid.
Ich warf den leeren Jogurtbecher in den Mülleimer und ging zurück ins Wohnzimmer. Jakob streckte mir vom Boden die Arme entgegen und schrie.
Ich nahm ihn auf den Arm. „Lass man, Jakob", sagte ich und schaukelte ihn, bis die letzten Schluchzer aufgehört hatten. „Du kannst ja auch nichts dafür, dass alles so bescheuert bei uns ist."
Jakob schniefte noch einmal, dann lachte er schon wieder.
Aber ich kann ja auch nichts dafür, dachte ich. Und Gussi noch viel weniger. Mama und Papa sind schuld. Warum müssen sie auch Sachen machen, die sonst kein Mensch macht. Daran sieht man doch schon, dass es nicht geht. Sonst würden schließlich noch mehr Frauen arbeiten und die Männer zu Hause sein.
Aber Mama und Papa wissen ja immer alles besser.

XIII.

Als Mama nach Hause kam, war Papa noch nicht wieder zurück. Saschas Mutter hatte angerufen und gesagt, dass mit Gussi alles in Ordnung wäre. Gussi hatte erklärt, er würde nach Panama auswandern wie der Kleine Tiger und der Kleine Bär, aber er hatte sich überreden lassen, noch eine Nacht damit zu warten.

„Hallo", sagte Mama und guckte den Flur entlang. „Wie ist das ruhig hier!"

Das stimmte. Jakob lag in der Küche auf seiner Matte und knatterte mit einer Tüte, und sonst war ja nur noch ich da. Ich erzählte Mama, was heute Nachmittag passiert war. Mama trank langsam ihren Kaffee und hörte zu. Als ich fertig war, seufzte sie und schenkte sich nach.

„Was wir alles falsch gemacht haben, Nele", sagte sie. Jetzt sah sie es also endlich ein.

Ich gab Jakob die Tüte zurück, die ihm aus der Hand gefallen war. Selber hinterher krabbeln konnte er noch nicht.

„Wir haben gedacht, es geht einfach mit ein bisschen gutem Willen", sagte Mama. „Wir haben gedacht, weil wir es richtig finden, können wir auch so leben. Aber wir haben ganz vergessen, dass wir schon ziemlich fertige Menschen sind, Wilfried und ich, und dass diese Art zu leben unserer eigenen Erziehung und Erfahrung und allem, was wir ganz tief innen von uns selber erwarten, widerspricht. Nicht mit dem Verstand, natürlich", sagte Mama und trank noch einen Schluck. „Der überzeugt uns ja, dass es ganz in Ordnung ist, wenn ich arbeite und Papa bleibt zu Hause. Aber dahinter, weißt du, da sitzt bei mir immer noch ein schlechtes Gewissen und das Gefühl, dass sich eben die Frau um den Haushalt und die Kinder kümmern sollte, und wenn Wilfried zu Hause irgendwas nicht geschafft hat, fühle ich mich gleich verpflichtet, das für ihn zu erledigen. Und dann komm ich natürlich nie dazu, mich auch mal auszuruhen, und fühle mich völlig kaputt. Ach, Mist alles."

Ich versuchte sie zu verstehen.

„Du kannst ja wieder aufhören zu arbeiten", sagte ich vorsichtig. Mir war das ein bisschen zu viel Verstand und Gefühl.

„Das doch nicht!", sagte Mama und stellte ihre Tasse heftig wieder hin. „Im Allgemeinen arbeite ich doch gerne, und außerdem bin ich überzeugt, dass es so auch gehen kann. Und Wilfried ist es ja auch. Warum sollte ein Mann schließlich schlechter Staub saugen und Kinder großziehen und Schränke auswischen können als eine Frau? Und warum sollte eine Frau eine schlechtere Juristin oder Ärztin oder Klempnerin oder sonst was sein als ein Mann? Darüber streitet sich ja auch schon kaum noch einer. Schwierig wird es eben immer erst, wenn man dann auch wirklich so leben will", sagte Mama. „Dann gucken sie und halten einen für verrückt, und du siehst ja, so richtig klappen tut es auch nicht."

Jakob hatte schon wieder seine Tüte verloren und streckte mit angestrengtem Ächzen seine Arme nach vorn.

„Da, du kleine Nudel", sagte Mama und gab sie ihm zurück. „Der krabbelt bald, Nele, sollst du mal sehen." Jakob lachte. „Mem-mem-mem!", sagte er und knatterte mit der Tüte.

„Aber weißt du", sagte Mama und setzte sich wieder zu mir, „das muss ja alles nicht so sein. Ich meine, dass wir jetzt so

Schwierigkeiten haben. Das lässt sich ja erklären. Und dann lässt es sich auch bewältigen, ist doch logisch."

Mama sah heute ganz anders aus als gestern Abend. Voller Energie, fand ich. Beinah, als ob es ihr gerade recht wäre, dass es Schwierigkeiten gab. Als ob sie richtig Lust hätte, jetzt mal zu zeigen, dass man die in den Griff kriegen konnte.

„Guck doch, Nele", sagte Mama und fuchtelte mit den Händen in der Luft. „Das hat man mir doch beigebracht als Kind und später auch noch, dass man das eben macht als Frau, Haushalt und Kinder. Im Fernsehen und in der Werbung sowieso. Und wenn man einen Beruf hat und beides zusammen geht nicht, wer hört dann auf mit der Arbeit? Die Frau!"

Mama war richtig aufgeregt. Dabei stimmte das alles für sie ja gar nicht mehr ganz. Bei uns hatte diesmal schließlich Papa aufgehört.

„Und irgendwann erwartet man das auch selber von sich", sagte Mama. „Wenn dann einer nur noch zu Hause ist, dann wird von dem eben auch erwartet, dass er alles sauber hat und die Kinder mit einem Lächeln erzieht, und was das Verrückteste ist, es wird sogar noch erwartet, dass es einen total ausfüllt und man dabei ständig zufrieden ist. Auch wenn der Verstand einem sagt, dass das ja eigentlich gar nicht sein kann, nicht?"

Ich dachte an Kattas Mutter. So war sie gewesen, eine wundervolle Hausfrau, strahlend und zufrieden, aber jetzt war sie mit Kattas Vater verkracht und heulte, und er musste Whisky trinken.

„Da wäre ich mir doch wie eine total schlechte Mutter und Hausfrau vorgekommen, wenn ich dreimal die Woche hätte Tennis spielen wollen!", sagte Mama. „Da hätte ich mein Gewissen ja nie mehr zur Ruhe gekriegt." Ein bisschen verstand ich Mama jetzt schon. Obwohl mir nicht richtig klar

war, wieso sie das alles begriffen und trotzdem alles anders gemacht hatte.
„Aber der Wilfried", sagte Mama, „der hat ja nicht solche Ansprüche, nicht? Der findet sich schon ganz toll, weil er überhaupt seinen Beruf aufgegeben hat, und der ist beim Putzen nicht so pingelig und findet es ganz normal, dass er neben Haushalt und Kindern auch noch Lust zu anderen Sachen hat. Und das ist ja auch normal, oder nicht?"
„Klar", sagte ich. Natürlich war das normal. Dann hätte Mama nur gestern nicht so wütend auf Papa zu sein brauchen.
„Meinst du denn, du bist schuld?", fragte ich.
Jakob hatte seine Tüte schon wieder verloren und ächzte und stöhnte ihr hinterher. Er zog die Beine unter den Po und stieß sie wieder ab und versuchte verzweifelt, vorwärts zu kommen. Aber irgendwie war ihm das noch zu schwierig.
„Schuld!", sagte Mama. „Blödsinn. Ich habe mich doch nicht selber so verquer erzogen. Ich hab mir doch nicht selber diese ganzen Geschichten von den Pflichten der perfekten Frau beigebracht. Und außerdem hätte Wilfried sich auch gerne mal in meine Situation hineindenken können", sagte Mama, und ich war froh, dass sie immer Wilfried sagte und nicht „dein Vater", „damals und jetzt auch. Daran hapert es nämlich bei ihm, das muss man schon sagen."
Sie nahm noch einen Schluck Kaffee. „Aber er hat Recht, wenn er auch mal was anderes tun will, und ich habe auch Recht, wenn ich mich deshalb nicht zu Tode schuften will. Wir müssen das nur so hinkriegen, dass wir alle nicht zu kurz kommen. Ihr nämlich auch nicht", sagte Mama und struwwelte mir durchs Haar. Zum Glück war die Frisur sowieso längst hinüber.

„Und wie wollt ihr das machen?“, fragte ich. Reden konnte man ja immer gut. Schwierig wurde es erst, wenn man dann auch etwas tun sollte.
„Weiß ich nicht genau“, sagte Mama. „Das lässt sich doch nicht auf einen Schlag lösen, so naiv bin ich ja nun nicht. Aber mehr miteinander über die Probleme reden müssen wir. Und einfach akzeptieren, dass es nicht so einfach ist, plötzlich anders zu leben, als Familien es seit Jahrhunderten gemacht haben. Das steckt schließlich auch in uns drin.“
Ich nickte. Ich merkte, wie ich mich langsam erleichtert fühlte, obwohl Mama doch überhaupt keine Lösung kannte. Aber ich wusste plötzlich wieder, dass Mama und Papa es weiter versuchen würden und dass ich es auch so wollte. Und ich wusste, dass es noch genug Probleme und Streit und Kummer geben würde, aber am Schluss würden wir es schon schaffen. So gut es ging, jedenfalls.
„Guck mal, der Jakob!“, sagte Mama aufgeregt. Sie rutschte von ihrem Stuhl und hockte sich neben Jakob auf den Boden. „Er hat es geschafft, Nele! Er ist bis zur Tüte gekommen!“
Jakob lag auf dem Bauch und strampelte mit den Beinen und biss in seine Tüte. „Na, du bist ja vielleicht ein Weltmeister!“, sagte Mama und nahm ihn auf den Arm. „Nun ist mein drittes Kind auch bald erwachsen.“
Ich freute mich auch. Wenn an dieser Geschichte mit den kosmischen Kräften etwas dran war, würde jetzt der knappe Rest des Tages auch noch gut werden. Und das hatten wir schließlich auch nötig.

Um halb neun war Papa immer noch nicht zu Hause. Dafür läutete das Telefon.
„Das war die Mutter von Sascha“, sagte Mama. „Gussi kommt gleich nach Hause. Sie sagt, sie hat ein Extrabett in

Saschas Zimmer gestellt und die beiden ins Bett gebracht und ihnen eine Geschichte vorgelesen, und dann hat Gussi plötzlich angefangen zu weinen und ist aus dem Bett geklettert, und das Anziehen konnte ihm gar nicht schnell genug gehen. Er wollte nur noch nach Hause, sagte sie. Ihr Mann bringt Gussi mit dem Auto."

„Das ist doch toll", sagte ich.

Mama wiegte den Kopf hin und her. „Kann sein, Nele", sagte sie. „Aber mit Gussi muss jetzt wirklich was passieren, und zwar schnell. Der badet nämlich zur Zeit den ganzen Schlamassel aus, und das geht nicht so weiter."

Es klingelte an der Haustür. „Da ist der junge Mann", sagte Saschas Vater und schob Gussi in den Flur. Dann gab er Mama die Hand.

„Danke schön!", sagte Mama. „Wirklich, ich weiß gar nicht ..."

„Meine Frau sagt, die Kinder hatten viel Spaß zusammen", sagte Saschas Vater und fuhr Gussi mit den Fingern durchs Haar. „Du besuchst uns mal wieder, nicht, Gussi?"

„Wirklich, vielen Dank", sagte Mama. Sie sah ein bisschen hilflos und verlegen aus. „Wollen Sie nicht einen Augenblick reinkommen?"

Aber Saschas Vater streckte ihr schon wieder die Hand hin. „Ich würde gerne", sagte er. „Aber ich muss ganz schnell wieder los, leider – beim nächsten Mal vielleicht", und er lachte und öffnete die Tür.

Im Treppenhaus drehte er sich noch einmal um. „Nein, aber ganz im Ernst", sagte er. „Schicken Sie uns den Gussi bald mal wieder. Meine Frau freut sich. Sascha auch."

Mama nickte und lächelte und schloss die Tür. Im Flur stand Gussi noch immer genau so, wie Saschas Vater ihn abgeliefert hatte.

„Gut, dass du wieder da bist", sagte Mama und kniete sich vor ihn hin. „Es war gar nicht schön bei uns ohne dich."
Gussi guckte sie böse an. „Es ist *doof* bei euch!", sagte er und machte sich auf den Weg zu seinem Zimmer. „Oll und doof und oll und doof!"
Mama sah zu mir hin und zog die Schultern hoch, dann ging sie Gussi nach. Ich auch.
Gussi hatte sich schon seinen Carlos-Affen genommen. Er stand mit dem Rücken zur Tür und nuckelte an der Pfote.
„Gussi", sagte Mama und drehte ihn langsam zu sich um.
Gussi hatte angefangen zu weinen. Langsam kamen die Tränen und kullerten ihm die Backen hinunter. Dann schüttelte es ihn richtig.
Mama nahm ihn in die Arme und streichelte ihm immer wieder übers Haar. Zuerst war er ganz still, aber dann kam der erste Schluchzer, und Gussi machte sich ganz steif. Er ließ den Carlos fallen, und Mama hob ihn hoch. Sie wiegte Gussi, wie ich Jakob gewiegt hatte, und das Weinen wurde allmählich weniger. Gussi versuchte etwas zu sagen, aber dazwischen kam immer noch ein Schluchzer, und er war kaum zu verstehen.
„Ich konnte doch da nicht bleiben", sagte er, und dann kamen wieder ein paar Schluchzer, „wo ich doch nachts immer ..." Und dann wurde das Schluchzen wieder so schrecklich, dass er gar nichts mehr sagen konnte, und Mama trug ihn zu seinem Bett und setzte sich mit ihm hin.
„Aber wie gut, Gussi", sagte sie und streichelte seinen Rücken. „Sonst hättest du da geschlafen und morgen früh wärst du uns vielleicht nach Panama ausgewandert. Und was hätten wir dann wohl machen sollen, ganz ohne dich?"
Gussi schluchzte weiter. Er versuchte auch nicht mehr, etwas zu sagen. Er lag nur da und war plötzlich wieder ganz

klein, und ich dachte, wie schwierig es für ihn gewesen sein musste und wie wenig ich die ganze Zeit an ihn gedacht hatte.

„Da, Gussi“, sagte ich und brachte ihm seinen Carlos-Affen.

Mama fing vorsichtig an, ihn auszuziehen.

„Nele soll mir aber noch eine Geschichte erzählen“, sagte Gussi, als er schließlich rot und verquollen im Bett lag. Aber er weinte jetzt nicht mehr.

An diesem Abend erzählte ich Gussi die Geschichte von dem großen, unsichtbaren Monster, das sich in ein Haus einschleicht und alles durcheinander bringt, bis sich alle zanken und streiten und ausreißen und was nicht alles.

„Gibt es das denn?“, fragte Gussi aufgeregt. „Dass der das macht und ist ganz unsichtbar?“

„Logisch“, sagte ich. „Das ist doch gerade das Gemeine daran, dass ihn keiner sehen kann und alle denken, sie sind es selber. Deshalb kann er doch überhaupt nur so viel Unheil anrichten, verstehst du?“

Gussi nickte begeistert. „Und dann?“, fragte er. „Was haben sie *gemacht?*“

Ich sagte, dass sie einfach alle ganz fest zusammengehalten hätten und sich wieder lieb hatten, und da war das Monster abgehauen. Und alles war wieder wie früher.

Aber Gussi war unzufrieden. „Nee, haben sie nicht“, sagte er. „Die haben einen Stock genommen, so ’n großen, dicken, nä, und dann wumm! Und zosch! Und dann war das Monster aber grün und blau, und dann ist es abgehauen.“

Gussi kuschelte sich in sein Kopfkissen. „So ’n dicker Stock war das“, murmelte er. Dann war er eingeschlafen.

XIV.

Ich hatte aufbleiben wollen und auf Papa warten, aber um zehn war ich doch ins Bett gegangen.

„Nun könnte er aber langsam mal kommen", sagte ich, als Mama sich noch mal auf mein Bett setzte.

Mama nickte. „Der ist heute so abgehauen wie ich gestern", sagte sie. „Nur geschickter. Und nun sind wir quitt."

Sie schüttelte meine Bettdecke noch ein bisschen auf, aber das war gar nicht nötig und mehr aus Gewohnheit. „Drück mir mal die Daumen, dass ich es schaffe, nicht gleich wieder biestig zu sein, wenn Wilfried kommt, Nele", sagte Mama. „Ich schaffe es immer so schwer, den ersten Schritt zur Versöhnung zu tun."

„Vielleicht schafft Papa es ja", sagte ich.

Mama nickte. „Einer von uns beiden", sagte sie und machte das Licht aus.

Ich hatte Papa nicht mehr gehört, aber beim Frühstück am nächsten Morgen merkte man, dass die beiden geredet hatten. Sie sahen aus, als ob sie fast gar nicht geschlafen hätten, aber wenn sie sich Kaffee einschenkten oder die Marmelade reichten, lächelten sie sich an und manchmal berührten sich ihre Finger so ganz vorsichtig.

„Ihr seht aber müde aus", sagte ich. Deutlicher zu fragen traute ich mich blöderweise nicht.

„Wir hatten noch eine Nachtsitzung", sagte Papa und lächelte Mama dabei an, dass es richtig so aussah, als wäre er in sie verliebt. Obwohl das bei so alten Leuten ja vielleicht lächerlich war. Und wenn man so aussah wie Mama an diesem Morgen, schon sowieso.

„Ich vermute, es wird in diesem Haus noch viele Nachtsitzungen geben“, sagte Mama und sah Papa genauso albern an. Als ob es mich überhaupt nicht gäbe.

„Hallo“, sagte Gussi und rieb sich die Augen. Er roch wie jeden Morgen und lehnte sich gegen die Küchentür. „Na?“

Ich glaube, Gussi merkte gleich, dass die Stimmung wieder besser war.

Papa rückte ihm einen Stuhl zurecht und strich ihm ein Brot.

„Ich such mir einen Stock, du“, sagte Gussi und kaute mit offenem Mund.

„Mund zu“, sagte Mama.

„Mit vollem Mund wird nicht geredet“, sagte Papa. Aber Gussi hörte gar nicht zu.

„Einen ganz dicken Stock“, sagte er. „Und dann zosch! Und krach! Und wumm!“ Er haute mit seiner Hand auf den Tisch, dass das Frühstücksgeschirr schepperte.

„Gussi!“, sagten Mama und Papa gleichzeitig.

„Ich glaube, das Monster ist schon vertrieben“, sagte ich.

„Welches Monster?“, fragte Papa.

„Nee“, sagte Gussi und schüttelte energisch den Kopf. „Da braucht man ’n Stock, du! Sonst haut der nicht ab.“ Er biss wieder ab. „Bestimmt nicht!“

„Ja, normale Monster“, sagte ich. „Aber unsichtbare Monster kann man manchmal auch ganz anders vertreiben. Da braucht man keinen Stock, Gussi, Ehrenwort.“

Aber Gussi kannte sich aus.

„Doch“, sagte er.

Wenn zu Hause so viel passiert, hat man gar keine Kraft noch an andere Sachen zu denken. Natürlich hatte ich das Fußballspiel nicht richtig vergessen, aber so wichtig war es einfach nicht mehr. Erst auf dem Weg zur Schule bekam ich langsam Herzklopfen.

„Meine Eltern sind wieder okay", sagte ich auf dem Mädchenklo zu Katta. Dass sie richtig verliebt taten, sagte ich lieber nicht. Sonst hätte Katta womöglich noch irgendeine blöde Bemerkung gemacht.

„Meine vertragen sich nie wieder, echt", sagte Katta und malte ganz vorsichtig Kajal auf den unteren Lidrand. „Glaubst du, meine Mutter gibt nach? Die telefoniert und rennt und versucht, 'ne Stelle zu kriegen, aber alles umsonst. Logisch, bei der Arbeitslosigkeit", sagte Katta zufrieden. „Sie muss ja auch nicht arbeiten, oder? Mein Vater schläft jetzt in seinem Arbeitszimmer."

Mit dem Kajal traute ich mich nicht. Ich denke immer, ich könnte mir mal aus Versehen ins Auge piksen.

In der großen Pause sprachen wir noch mal über den Pokal. Torsten war am Nachmittag vorher zum Gipsabnehmen im Krankenhaus gewesen. „Meine Mutter lässt mich heute Nachmittag hundertprozentig nicht mit", sagte er. „Die ist so was von misstrauisch, nur weil ich neulich auf der Straße 'ne Coladose gekickt habe. Die denkt, wenn der Anpfiff kommt, renne ich auf den Acker."

„Schade", sagte Olaf. „Wo Mirko auch noch krank ist, haben wir gar keine Zuschauer."

„Und wer passt auf unseren Kram auf?", fragte Oliver. „Im letzten Jahr haben sie einem aus der C seine Fliegerjacke geklaut."

Ich dachte, dass Katta das doch machen könnte, aber Katta sagte keinen Ton, und da schlug ich sie lieber nicht vor.

Aber Olaf sah zu Ulrich hin und Ulrich sah auch gerade hoch, und bevor Olaf ihn überhaupt gefragt hatte, kriegte Ulrich einen knallroten Kopf und sagte, er würde das machen.
„Ob er das kann?“, fragte Arne und boxte Oliver in die Seite. Aber er hatte es leise gesagt, und Ulrich kriegte es auch hoffentlich nicht mit, weil Olaf gleichzeitig zu ihm rübernickte. „Prima, Alter“, sagte er. „Danke schön.“
Aber Ulrich malte schon wieder seine Muster.

Nach der Schule ging ich gar nicht erst nach Hause. Ich vertrödelte eine halbe Stunde, und dann war ich viel zu früh auf dem Platz.
Aber ich war nicht die Erste. Von den anderen Mannschaften waren auch schon welche da, und Benno stand mit den Mannschaftskapitänen und dem Schiedsrichter zusammen. Neben einem Stapel von Jacken saß Ulrich und holte zwei Thermosflaschen aus seiner Plastiktüte. Katta kam später, als wir schon mit dem Aufwärmen angefangen hatten. Sie winkte zu mir herüber und ich hüpfte weiter auf und ab und winkte auch. Neben mir hüpfte Oliver, und ich fühlte mich plötzlich so glücklich, als wenn gerade die Sommerferien angefangen hätten oder Oliver hätte mir wieder ein Kaugummi geschenkt. Gleich würde der Anpfiff kommen, und ich wusste, ich spielte nicht schlecht. Ich würde Bulle aus der F nicht an den Ball lassen, und von Theo wusste ich, dass er gefährlich köpfte. Ich würde die Säule der Abwehr sein, und hinterher würden sie sich fragen, warum ich nicht schon immer in der Mannschaft gewesen war. Und Oliver würde mich nach Hause bringen. Wie nach dem Training. Aber diesmal würde mehr passieren, weil er nach dem Spiel endgültig wusste, dass wir zusammengehörten. Ich hatte

für den Weg vorsichtshalber wieder Mamas Parfum eingesteckt.
Dann kam der Anpfiff, und alles lief so, wie ich es mir vorgestellt hatte. Tatsächlich! Bulle hatte keine Chance, und ich kümmerte mich um Theos gefährlichen Kopf, und ich hatte ein Gefühl, als könnte ich noch jahrelang so weiterspielen. Vom Rand hörte ich jemanden meinen Namen rufen, und ich dachte nicht mal daran, dass das ja nur Ulrich sein konnte. Dann brüllte irgend jemand „Olaf weg – hat kein' Zweck!", und jemand anders brüllte das Gleiche für Arne und für Benno, aber am Ende hatten wir doch 4 : 1 gesiegt.
„Wir sind im Endspiel!", schrie Oliver und schmiss die Arme hoch. Er hüpfte durch die Gegend und fiel Arne um den Hals, und irgendwer fiel mir auch um den Hals, aber es war nicht Oliver. „Du warst Spitze", sagte Benno und zog sich seinen Trainingsanzug über.
Ich war so aufgeregt, dass ich alles wie durch einen Schleier sah, aber auf eine gute Weise aufgeregt, und ich trank einen Schluck aus Ulrichs Thermosflasche und lächelte ihn sogar an. Es war doch gut von Ulrich, dass er an die Getränke gedacht hatte.
Beim nächsten Spiel sahen wir zu, und es war schnell klar, dass die D aus der Schule Holleberg gewinnen würde.
„Die machen wir ein!", schrie Benno und schlug sich mit seiner rechten Faust in die linke Hand.
„Aber hallo!", sagte Arne.
Wir waren uns ganz sicher. Wir liefen in unseren Trainingsanzügen um das Feld und schlugen uns auf die Schultern, und sogar Ulrich hüpfte auf und ab, die Thermosflasche in der Hand.
Über den Rest mag ich nicht lange reden.

Natürlich waren die Holleberger stark, sonst wären sie schließlich nicht ins Endspiel gekommen, aber wir waren doch ungefähr gleich und es hätte auch anders kommen können.

Vielleicht war ich einfach noch zu aufgeregt vom Spiel davor. Vielleicht waren zwei Spiele so kurz hintereinander auch einfach zu viel. Man ist dann nicht mehr so konzentriert.

Denn das war es: dass ich nicht mehr konzentriert war. Kraft hatte ich noch, meine Kondition war gut und ich rannte wie im ersten Spiel. Und trotzdem machte ich diesen grässlichen Fehler, über den ich nicht reden mag, eine Minute vor Schluss. Da stand es unentschieden, wir rechneten mit einer Verlängerung, und langsam wurden wir auch verbiestert.

Wie es passieren konnte, weiß ich nicht. Der Ball prallte einfach von meinem Fuß ab, und Golo im Tor erwartete natürlich einen Ball von mir am allerwenigsten. Da ging er eben ins Netz. In unsers.

Eine Verlängerung war nicht mehr nötig. Und mein Leben war zerstört. Durch einen einzigen falschen Schuss! Es war zu fürchterlich, um darüber nachzudenken. Denn dass Oliver mich jetzt nicht mehr lieben konnte, war ja klar.

Trotzdem hoffte ich noch. Ich meine, er hätte mich ja auch trösten können. Er hätte ja gerne wütend sein können über meinen Fehler, aber gleichzeitig hätte er doch sehen müssen, dass es für mich am allerschlimmsten war.

Aber so war Oliver nicht. Oliver wollte gewinnen, und er wusste, wer ihm den Sieg verdorben hatte.

„Weiber!“, schrie er und stand vor mir, beide Fäuste vorgestreckt.

Beinah hätte er mich geschlagen.

„Lass sie“, sagte Olaf und zog ihn weg. Aber er sagte es nicht sehr energisch. Kann sein, er wäre gar nicht böse gewesen über ein paar Hiebe für mich.
Als die anderen sich anzogen, blieb ich einfach stehen. Ich kriegte nicht mit, wie die Holleberger den Pokal bekamen, und ich hörte nicht mal richtig, wie ein paar von denen lachten und dann zu mir kamen, um sich bei mir zu bedanken.
Vielleicht wartete ich auf Katta. Vielleicht wartete ich auch auf gar nichts. Ich merkte nur, dass ich nicht denken konnte und mich nicht bewegen und fühlen auch nicht. Es war wie das Ende der Welt. Ich würde nie mehr eine Parfumflasche brauchen oder einen verführerischen Gang; mein ganzes Leben nicht.
Dann wurde mir langsam warm, und mein Kopf war voller Tränen bis in meinen Hals, sie kamen und kamen und hörten nicht auf. Der Platz war leer, und alle waren zu Hause. Nur ich saß hinter dem Netz und weinte laut und schrecklich, aber ich merkte, wie sich die Welt wieder sortierte dabei. Es war eine schreckliche Welt, und man musste endlos weinen in ihr, aber ich würde jetzt aufstehen und nach Hause gehen.
„Willst du?“, sagte jemand hinter mir. Über meiner rechten Schulter erschien eine Thermosflasche. Ich schüttelte den Kopf. Ich drehte mich nicht um. Ulrich brauchte nicht zu sehen, wie sehr ich geweint hatte. Obwohl er es natürlich gehört haben musste, wenn er die ganze Zeit noch auf dem Platz gewesen war.
„Soll ich dich nach Hause bringen?“, fragte Ulrich von hinten. Zu mir zu kommen traute er sich nicht.
„Nee“, sagte ich. Ich konnte schon wieder sprechen. Ich zog die Nase hoch und wischte mir mit dem rechten Handrü-

cken darunter entlang. Das hätte jetzt noch gefehlt, dass einer sah, wie ich mit Ulrich nach Hause ging. Langsam wurden solche Dinge wieder wichtig.
Eine ganze Zeit sagte Ulrich gar nichts. Dann gab er mir meinen Trainingsanzug über die Schulter.
„Du machst aber keinen Blödsinn, nicht, Cornelia", sagte er.
Ich nahm den Trainingsanzug. Zuerst wusste ich nicht, was er mit „Blödsinnmachen" meinte, aber dann wurde es mir plötzlich klar, und ich bekam so einen Schrecken, dass ich mich doch zu ihm umdrehte.
„Mir was antun?", fragte ich und zog noch einmal die Nase hoch. „Bist du verrückt?"
Ulrich stand da und war genauso picklig und eklig wie immer. Er ließ den Kopf hängen und die Arme, aber er hatte auf mich gewartet, damit ich mir nichts antun sollte. Wo ich daran überhaupt nie gedacht hätte! Man kann ganz leer werden vor Kummer und heulen müssen und heulen, aber dann hört es auch wieder auf und man wird wütend auf die Ungerechtigkeit der Welt und will es ihr zeigen. Wenn nach dem Kummer die Wut kommt, ist es bei mir immer gut.
Aber das konnte Ulrich nicht verstehen. Das sah man, wie er so dastand, dass er einer war, der nicht wütend wurde, nur verzweifelt. Und dann denkt man vielleicht manchmal an solchen Blödsinn. Und deshalb hatte er Angst um mich und wollte mir Tee zu trinken geben und mich nach Hause bringen.
Plötzlich fand ich ihn richtig lieb, obwohl er natürlich immer noch merkwürdig war. Aber es war doch lieb von ihm, dass er bei mir gewartet hatte, wo die anderen alle gegangen waren. Allerdings war ihm Fußball ja auch nicht so wichtig wie den anderen Jungs. Da brauchte er mir auch nicht so böse zu sein.

Aber Katta war auch nicht mehr da, und Katta war Fußball sonst auch egal. Nicht mal Katta hatte gewartet, um mich zu trösten.

„Danke schön, Ulrich“, sagte ich. Ich konnte sogar wieder lächeln. Das sah mit meinem verquollenen Gesicht bestimmt ziemlich sonderbar aus.

Ulrich lächelte auch. Jedenfalls denke ich, dass es ein Lächeln sein sollte, ein etwas schiefes.

„Ich geh dann“, sagte er und schraubte die Flasche wieder zu.

„Bis morgen“, sagte ich.

Ulrich hob die Hand ein ganz kleines bisschen, als ob er winken wollte. Dann ging er mit seiner Plastiktüte zum Ausgang. Er hatte einen komischen Gang.

Ich dachte, dass ich mal mit ihm reden müsste. Wenn einer so fürchterliche Sachen denken kann, muss man mit ihm reden. Und jetzt war sowieso egal, was die anderen von mir dachten.

XV.

Auf dem Nachhauseweg konnte ich noch nicht nachdenken. Aber ich wusste, dass es später noch nötig sein würde.
Ich ging so langsam, dass mein verquollenes Gesicht Zeit hatte, bis zur Haustür ein bisschen abzuschwellen. Ich hatte keine Lust Papa irgendwelche Fragen zu beantworten.
Es fing an zu regnen und der Regen kühlte mein Gesicht. Wenn ich mich nur vernünftig verhielt, konnte keiner etwas merken.
Auf dem Flur kam mir Gussi im Schlafanzug entgegengerannt.
„Papa macht einen großen Zauber!“, schrie er. „Da soll das Monster sich aber mal wundern, du!“
„*Du* machst den Zauber“, sagte Papa und steckte den Kopf durch die Wohnzimmertür. „Ich helfe dir nur dabei, Gussi.“ Dann sah Papa mich an. „Welches Monster bloß?“, fragte er.
Auf dem Tisch stand die große Emailleschüssel mit den vielen abgeplatzten Stellen, die Mama uns vom Flohmarkt angeschleppt hatte. Sie war bis zum Rand voll Wasser, und daneben lagen Streichhölzer und Filzstifte und Papier.
„Du darfst zugucken“, sagte Gussi großzügig zu mir.
Ich setzte mich in einen Sessel und wartete. Ich war froh, dass sie nicht von mir verlangten, dass ich bei ihrem Zauber helfen sollte. Der war mir sowieso egal.
„Jetzt können wir anfangen“, sagte Papa mit ernster Stim-

me. Er schaltete das Licht aus und machte eine Kerze an, und dann schrieb er mit Filzstift etwas auf das Papier, jeden Buchstaben in einer anderen Farbe.
„P-I-P-I“, sagte Papa feierlich. „Jetzt bist du dran, Gussi“, und er gab Gussi den Zettel mit einer tiefen Verbeugung. Gussi hielt ihn mit beiden Händen weit von sich weggestreckt vor dem Bauch. „Wie du gesagt hast, Papa?“, flüsterte er.
Papa nickte nur. Er sah ungeheuer feierlich aus.
Da fing Gussi an, im Zimmer herumzumarschieren. Er machte ganz große Schritte und streckte die Arme vor, und bei der zweiten Runde sagte er: „Ich will nicht mehr ins Bett machen!“
„Lauter!“, sagte Papa.
„Ich will nicht mehr ins Bett machen“, schrie Gussi, „ich will nicht mehr ins Bett machen, ich will nicht mehr ins Bett machen!“ Und dabei lief er immer schneller.
Dann blieb er plötzlich stehen und trampelte auf der Stelle, dass die Gläser im Gläserschrank schepperten, und die ganze Zeit brüllte er den einen Satz, dass er schon ganz rot war im Gesicht.
„Das reicht“, sagte Papa.
Gussi atmete tief durch. Es war ein bisschen, als ob er erst langsam wieder in die Wirklichkeit zurückkäme.
„Jetzt?“, fragte er.
Papa nickte. Da trug Gussi den Zettel feierlich vor sich her zum Tisch mit der Kerze, zündete eine Ecke an, und dann hielt er den brennenden Zettel über die Emailleschüssel, dass die Asche ins Wasser fiel. Zum Schluss tauchte er die ganze Hand mit dem brennenden Papierrest unter, bis es zischte.
Wir sagten alle nichts. Dann blies Papa die Kerze aus und

schaltete die Deckenbeleuchtung wieder an. „So“, sagte er. Gussi stand neben der Schüssel. „Da ist es drin“, sagte er. Papa nickte.

„Es ist ein echter Zauber“, sagte Gussi.

„Ein ganz echter“, sagte Papa.

„Ja“, sagte Gussi. „Jetzt geh ich ins Bett.“

Ich war ein bisschen erstaunt. Es war schließlich noch ziemlich früh und sonst ging Gussi nie freiwillig schlafen.

Er legte mir die Arme um den Hals und gab mir einen Kuss auf die Backe. „Glaubst du, jetzt hat er Angst?“, flüsterte er. „Dass er abhaut?“

„Ich glaube, er ist längst weg“, flüsterte ich zurück.

Gussi nickte. „Er hat Angst vor Zaubermenschen“, sagte er. „Vor Papa und mir.“

Ich legte die Füße auf den Tisch und versuchte mich gemütlich zu fühlen. Wenn in meinem Kopf Oliver auftauchte und die Fäuste ballte, schob ich ihn einfach aus meinen Gedanken.

„Ich musste bei Gussi gleich das Licht ausschalten“, sagte Papa und trug die Wasserschüssel in die Küche.

„Wie soll das denn wirken?“, fragte ich. Gussi tat mir Leid. Es musste schlimm für ihn sein, morgen früh aufzuwachen, und das Bett war trotzdem nass.

„Wenn es wirkt, wirkt es, weil Gussi daran glaubt“, sagte Papa. „Bis jetzt hatte er jeden Abend Angst, dass es wieder passieren würde, da konnte es ja nicht klappen. Heute Abend hat er keine Angst. Und wie war's beim Fußball?“

Jetzt musste ich mich zusammenreißen. Es war ja klar, dass Papa fragen würde.

„Mist“, sagte ich. Ich durfte ihn nicht ansehen. Ich durfte nicht weinen. „Verloren.“

„Schade“, sagte Papa. Dann hob er mein Kinn.

„Aber Nele!“, sagte er. Er zog ein Taschentuch aus der Hosentasche und gab es mir. „So wichtig ist doch dieser blöde Pokal auch nicht!“

Ich wischte mir übers Gesicht. Sprechen konnte ich erst nach einer Weile.

„Ich hatte mich so darauf gefreut“, sagte ich. Dann rannte ich in mein Zimmer.

Ich machte schon um acht Uhr das Licht aus. Ich lag im Bett und dachte, dass ich jetzt nachdenken und versuchen musste, die Sache für mich zu klären. Das mit Oliver war vorbei. Damit musste ich mich eben abfinden. Am besten, ich fing gleich damit an.

Es klopfte. „Nele?“, flüsterte Mama und öffnete die Tür nur einen Spalt. „Bist du noch wach?“

Ich grunzte ein bisschen. Ich hätte ja auch still sein können. Dann hätte sie geglaubt, dass ich schlief.

Mama kam ins Zimmer und schloss die Tür leise hinter sich. Sie setzte sich im Dunkeln auf meinen Schreibtischstuhl. „Ich mach das Licht nicht an“, sagte sie.

Ich wartete. Schließlich war *sie* ja gekommen.

„Ich will mich nicht einmischen“, sagte Mama. „Du musst mir sagen, wenn ich gehen soll, aber ... also ... Wilfried und ich haben schon seit einer ganzen Zeit das Gefühl, mit dir ist was los, und wir haben gegrübelt und gegrübelt, und dann ist mir eingefallen, als ich so alt war wie du, war ich das erste Mal verliebt.“

Mama machte eine Pause. Ich nahm die Bettdecke in den Mund und biss darauf. Ich merkte, wie die Tränen wieder kamen, und ließ sie laufen. Es war ziemlich dunkel im Zimmer.

„Er war älter als ich“, sagte Mama. „Na, egal, jedenfalls

habe ich ihn so aus der Ferne angebetet und immerzu gehofft, dass er mich anspricht, ich habe mit allen Mitteln versucht, ihn auf mich aufmerksam zu machen, tolle Kleider, tolle Frisur, so 'n gekünsteltes Lachen, alles, was eben erlaubt war für Mädchen in diesem Spiel, und er hat natürlich überhaupt nicht reagiert. Ich war am Ende richtig fertig, ich dachte, ich muss ja schrecklich aussehen, wenn der da nicht drauf anspringt, fürchterlich."

Ich klammerte mich mit beiden Händen an die Bettkante und biss noch fester in die Decke. Langsam schüttelte es mich vor Weinen, aber Mama merkte nichts und redete immer weiter.

„Natürlich ist nichts daraus geworden", sagte sie, „und wenn ich heute daran denke, kann ich immer noch wütend werden. Warum hab ich ihn nicht mal angesprochen? Sag mir das mal. Ihn gefragt, ob er mit mir ins Kino will zum Beispiel, oder einfach gesagt, dass ich ihn nett finde. Dann hätte er reagieren müssen und ich hätte wenigstens Bescheid gewusst. Nee, da musste ich lauter Verrenkungen machen, nur weil ein Mädchen nicht den ersten Schritt tut, das ist nicht mädchenhaft, man muss sich erwählen lassen. Sei du bloß nicht so blöd, Nele", sagte Mama, und ihre Stimme wurde lauter, „wenn du wirklich einen magst, sag's ihm oder sonst was, aber warte nicht monatelang auf ein Zeichen seiner Güte wie deine alberne Mutter!"

Da half das In-die-Bettdecke-Beißen nicht mehr. Ich musste weinen, weinen, laut und mit Schluchzern, und Mama stand auf, aber sie kam nicht an mein Bett.

„Ach, Nele-Seele", sagte sie erschrocken, „achduje, entschuldige, Nele, ich hätte mich nicht einmischen sollen, entschuldige", und sie ging aus meinem Zimmer und machte die Tür hinter sich zu.

Ich wartete eine ganze Weile, ob sie vielleicht noch mal zurückkommen würde, um mich zu trösten, aber das tat sie Gott sei Dank nicht, und da schluchzte ich einfach in mein Kissen und ich merkte, wie ich dabei langsam eine wirkliche Wut auf Oliver bekam, weil er mich nie angeguckt hatte und weil er mich nicht getröstet hatte heute nach dem Spiel, und ich dachte, dass ich blöd gewesen war, so einen zu lieben. Es war Quatsch gewesen mit den versteckten Zeichen, Oliver hatte mich in Englisch drangenommen, weil ich ihm gleichgültig war, und seine Schuhe hatte er mir geliehen, weil er das Spiel gewinnen wollte, und nach Hause gebracht hatte er mich aus dem gleichen Grund. Es war furchtbar, das zuzugeben, und ich war nur froh, dass ich Katta wenigstens nichts Genaueres erzählt hatte. Jeder außer mir hätte merken müssen, dass Oliver mich überhaupt nicht sah. Und dass er ein blöder Typ war.

Oliver war ein blöder Typ. Oliver war blöd und unsympathisch. Ich durfte jetzt nicht einschlafen. Oliver war ganz besonders unsympathisch. Bis morgen früh musste ich es glauben.

Am nächsten Morgen weckte mich nicht Mama, sondern Gussi.

„Er hat sich nicht mehr getraut!“, schrie Gussi und riss meine Zimmertür auf. „Das war vielleicht ein Zauber, du!“

„Hau ab“, sagte ich und drehte mich um. Vielleicht hatte ich noch fünf Minuten Zeit. Vielleicht sogar noch zehn. Gussi sollte verschwinden.

„Ich hab überhaupt nicht ins Bett gemacht!“, rief Gussi und rüttelte an meiner Schulter. „Wir haben ihn weggezaubert, Papa und ich!“

Ich gab auf. Schließlich konnte ich Gussi verstehen.

„Toll“, sagte ich.

„Ich war das sowieso ja nie“, sagte Gussi und hielt mir meine Hausschuhe hin. „Das war immer das Monster.“

„Klar“, sagte ich.

Gussi fegte aus dem Zimmer. Wenn es gute und schlechte Tage gab, musste dieser gut werden.

XVI.

Ich ging nicht gerade gerne in die Schule. Und ausgerechnet jetzt war Katta nicht mehr da, als ich bei ihr klingelte. „Die ist heute schon ganz früh losgezogen“, sagte Kattas Mutter und lächelte mich an. Sie trug noch ihren Morgenmantel. Wenn sie kein Make-up im Gesicht hatte, sah sie auch nicht viel besser aus als Mama.

Ich nahm mir vor, ganz ruhig zu bleiben. Ich würde nicht weinen, wenn ich Oliver sah, und ihn überhaupt blöd finden. Und wegen dem Eigentor sollten sie alle ganz schön still sein. Das ist schon Weltklassespielern passiert. Und außerdem hätte Golo ja auch aufpassen können.

Ich musste mir schon einen Ruck geben, in die Klasse zu gehen. Ich ging erst ganz spät.

Alle standen herum wie jeden Morgen. Sie redeten und spielten Karten und schrieben noch schnell die Hausaufgaben ab, und nach dem fürchterlichen Verlust gestern konnten sie trotzdem noch lachen.

Dann bemerkte mich Benno. „Na“, sagte er. Es klang überhaupt nicht wütend. Eher verlegen.

Olaf guckte hoch. „Ganz schöner Mist, was du gestern gemacht hast“, sagte er.

Allmählich wurden alle ruhig und sahen uns an.

„Tut mir Leid“, sagte ich. Das hatte ich überhaupt nicht sagen wollen. Ich hatte sagen wollen, dass ich nichts dafür konnte und dass sie sich schließlich auch einen besseren

Torwart hätten aussuchen können. Stattdessen merkte ich, wie mir wieder die Tränen kamen.
Olaf legte mir den Arm um die Schultern. „Das kann jedem passieren, echt“, sagte er.
„Ist mir auch schon mal passiert im Verein“, sagte Torsten.
Benno gab mir ein Taschentuch. „Torsten ist das auch mal passiert, ehrlich“, sagte er.
Sie mussten sich abgesprochen haben. Sie hatten beschlossen, nicht gemein zu mir zu sein, obwohl ich ihnen den Pokal vermasselt hatte. Da musste ich doch noch heulen.
Sie klopften mir noch ein paar Mal auf die Schultern, dann gingen sie wieder an ihre Tische zu ihren Karten und zu ihren Hausaufgaben.
Da merkte ich erst, dass an meinem Tisch sonst niemand saß. Ich sah mich um. Und da entdeckte ich sie.
Sie saßen vorne in der Klasse auf dem Pult. Katta hatte ihren Kopf an Olivers Schulter gelehnt, und Oliver streichelte ihr ganz sanft über das Gesicht. Sie sahen aus, als merkten sie gar nicht, dass noch andere Leute in der Klasse waren, und flüsterten miteinander.
Ich weiß nicht mehr, wie der Unterricht war. Nur, dass Katta ganz steif neben mir saß ohne mich anzusehen und dass ich dasselbe fühlte wie gestern hinter dem Netz. Zweimal hintereinander darf man so etwas Schreckliches nicht erleben, es muss eine Gerechtigkeit geben in der Welt, und ich sah nicht ein, warum ausgerechnet ich dann so fürchterlich viel durchmachen musste. Katta war meine beste Freundin, aber Katta hatte mich verraten, sie hatte so getan, als verfolgte sie Oliver nur für mich, aber in Wirklichkeit hatte sie sich für ihn geschminkt und aus purem Eigennutz mit ihm geredet, und nun hatte sie ihn mir auch noch weggenommen. Ich würde niemals mehr jemandem trauen können.

Vorne saß Ulrich allein an seinem Tisch und malte Muster. Zwischendurch drehte er sich zu mir um, aber er wurde nicht rot dabei. Er sah eher aus, als wollte er aufpassen, damit er schnell bei mir sein konnte, wenn es nötig werden würde.
Als er mich das nächste Mal anguckte, lächelte ich ganz kurz. Bloß, damit er sich nicht wieder Sorgen machen sollte.

Auf dem Weg nach Hause merkte ich, dass ich mich innen auf eine traurige Weise glücklich fühlte. Es war kalt geworden und die Finger froren mir fast am Lenker fest. Die Sonne machte alles so ganz durchsichtig, dass man merkte, jetzt würde es Winter werden.
Das mit Oliver war vorbei, ich liebte ihn nicht mehr, und es war mir schon fast ein bisschen sonderbar zu denken, wie sich alles in meinem Leben monatelang um ihn gedreht hatte. Nur wenn ich an Katta dachte, musste ich meine Zähne fester zusammenbeißen.
Es sind schon viele Leute von ihren besten Freunden betrogen worden, man sieht es im Fernsehen, und dabei kann man sich nicht vorstellen, dass es einem selber einmal so geht. Aber mir war es nun passiert, und ich fühlte mich plötzlich erwachsen und reif, wie man es durch schwere Prüfungen wird, und ich stellte mir vor, dass ich ganz milde und verzeihend lächelte. Bei dem Fahrtwind war das gar nicht so einfach.
Von jetzt an würde ich so ganz sanft und mild und ruhig sein, dass alle sich fragten, was mit mir geschehen war. Aber sie würden ahnen, dass ich einen großen Kummer in mir verschloss. Und ich würde für andere da sein und Gutes tun. Jedenfalls manchmal.

Zu Hause saßen Papa und Gussi in der Küche und panschten mit Salzteig.
„Du siehst komisch aus“, sagte Papa.
„Wie, komisch“, sagte ich und hängte meine Jacke an die Garderobe.
„Du ziehst den Mund so schief“, sagte Papa. „Hast du Zahnweh?“
Ich hörte auf, milde und verzeihend zu lächeln. Es hatte ja keinen Sinn, wenn es so missverstanden wurde. Und schließlich konnte ich auch sanft und geheimnisvoll sein ohne zu lächeln.
„Wir machen Salzteig!“, schrie Gussi und streckte mir seine bematschten Finger entgegen. „Haben wir im Kindergarten gelernt!“
„Schön, Gussi“, sagte ich und ließ meine Stimme ganz leise und weich klingen.
„Und morgen machen wir so Männer, guck, und so, und so“, sagte Gussi und faltete seine klebrigen Finger ineinander.
„Wenn du nur glücklich bist“, sagte ich milde und strich Gussi übers Haar.
„Lass das!“, sagte Gussi und schubste mich weg.
Papa sah mich misstrauisch an. „Irgendwas ist doch los“, sagte er. „Hast du eine schlechte Arbeit zurückgekriegt?“
Ich dachte, dass im Fernsehen immer jeder gleich merkte, wenn jemand von seinen Freunden verraten und vom Schmerz gezeichnet war. Die wurden dann geachtet und respektiert. Jedenfalls kam da keiner auf den Gedanken, nach schlechten Zensuren und Zahnschmerzen zu fragen. Aber vielleicht lag das auch an der traurigen Hintergrundmusik, die machte einem ja meistens schon einiges klar.
„Nee, nee“, sagte ich. „Alles okay.“
Ich setzte mich dazu und griff auch in den Teig. „Ist es für

Salzteig nicht noch zu früh?", fragte ich. „Wir haben doch noch gar nicht Weihnachten."
„Für Salzteig ist es nie zu früh", sagte Papa. „Weißt du was? Ich habe es überhaupt nicht gewusst, aber mein Leben lang wollte ich schon immer mit Salzteig matschen."
Er sah richtig glücklich aus.
Ich beschloss endgültig, dass dies nicht der passende Tag war, um milde und sanft zu sein.
„So wird das aber nie was", sagte ich und zeigte ihm, wie man es macht.

„Nele", sagte Katta, nachdem ich den Hörer abgenommen und mich gemeldet hatte. Ich war ans Telefon gegangen, als es geläutet hatte, weil Papa und Gussi im Wohnzimmer wieder mit dem Großen Zauber beschäftigt waren. Sogar Jakob durfte dabei sein.
„Ja, bitte", sagte ich. Ich hatte sie anschreien wollen oder so ganz leise und schneidend etwas murmeln, wo man dann hinterher den Kopf in den Nacken wirft und „ha!", sagt, aber so schnell fiel mir nicht das Richtige ein. Ich war mir auch nicht sicher, ob ich nicht eigentlich gerade zu Katta sanft und milde sein und ihr verzeihen musste.
„Nele", sagte Katta. „Ich weiß gar nicht ... ich wollte einfach ... ", und dann fing sie an zu weinen.
Das war nun doch verrückt. Wenn einer Grund zum Weinen gehabt hätte, dann doch wohl ich. Und langsam wurde mir diese ständige Heulerei auch zu viel.
„Hör auf", sagte ich. „Ist ja nun passiert."
Aber Katta weinte weiter und hörte nicht auf, und es war schon richtig schade um die schönen Telefongebühren.
„Es tut mir so Leid", sagte Katta, und zwischendurch musste sie immer noch schlucken. „Ich habe es auch gar nicht

gewollt“, und dann erzählte sie mir, wie früh sie sich schon in Oliver verliebt hatte und wie gut er aussah und wie gut er Fußball spielte und überhaupt, wie toll sie ihn fand. Aber sie hatte sich immer zusammengenommen, weil sie zu mir halten wollte, und sie konnte doch nichts dafür, dass er sich jetzt in sie verliebt hatte und nicht in mich.
Ich sagte, sie könnte wohl nichts dafür.
Katta sagte, es hätte schon viel früher klappen können mit ihr und Oliver, aber sie hätte immer abgeblockt, meinetwegen, das musste ich ihr glauben.
„Mhm“, sagte ich.
Dann sagte Katta, dass ich ihr verzeihen sollte und dass ich immer noch ihre beste Freundin wäre, und sie brauchte mich jetzt doch, wo es mit ihren Eltern so fürchterlich war.
„Bitte, Nele“, sagte sie, „sag, dass alles okay ist!“
Ich dachte, wie verdreht das alles war. Sie hatte mir Oliver geklaut, und jetzt sollte ich ihr auch noch sagen, dass ich nichts dagegen hatte, nur, damit sie sich wieder besser fühlte.
Aber es war meine Gelegenheit, reif und edel und sanft und mild zu sein.
„Okay, okay“, sagte ich.

Ein richtiges Happyend gibt es leider nicht.
Jakob kann jetzt laufen und „wau-wau“ und „la-la“ sagen, was schaukeln heißt. Papa sagt, er versteht nicht, warum dieses Kind nicht als Erstes Papa gesagt hat. Das hätte er erwartet.
Gussi braucht keinen Großen Zauber mehr, nur noch manchmal den Carlos-Affen. Papa hat ein neues Stück Stoff über die Nuckelpfote genäht, weil da schon langsam die Füllung rauskam, und die war ziemlich eklig. Mama ar-

beitet und sagt, sie sieht schon kommen, dass der Schröder demnächst befördert wird und sie nicht, und dabei hat der keinerlei Durchblick und redet nur vollmundig und pompös. „Erzähl mir einer was von Gleichberechtigung“, sagt Mama.

Papa kocht und näht und staubsaugt und baut mit Klötzen für Jakob und spielt Tennis und putzt Fenster und schraubt Radios auf mit Gussi. Auf dem Sperrmüll haben sie eins gefunden und alle Röhren und Drähte rausgeholt, und hinterher war unser Mülleimer voll. Furchtbar ordentlich ist es bei uns immer noch nicht. „Ich kann nicht hexen, aber damit kann ich leben“, sagt Papa. Nur wenn mal aus Versehen eine Nachbarin kommt, ist es ihm peinlich.

Krach gibt es bei Mama und Papa immer noch ab und zu. Aber es ist keiner mehr weggelaufen. Zwischendurch küssen sie sich. Ich finde, das müsste vor uns Kindern wirklich nicht sein.

Katta hat schon lange einen neuen Freund, und Oliver wird vielleicht sitzen bleiben. Ich lasse ihn jetzt regelmäßig die Deutschhausaufgaben abschreiben, aber ob das helfen wird, steht noch nicht fest. Ulrich hat weniger Pickel, aber immer noch genug. Mit ihm rede ich auch jetzt noch nicht viel. Nur manchmal lächle ich einfach so zu ihm rüber.

Zu Hause sind wir jedenfalls ziemlich sicher über den Berg. Gussi hat immer noch einen Stock unter dem Bett. Da traut sich das Monster wohl nicht zurück.

Weitere Romane für Kinder und Jugendliche von Kirsten Boie:

Ich ganz cool
Jenny ist meistens schön friedlich
Lena fährt auf Klassenreise
Linnea macht Sachen
Linnea rettet Schwarzer Wuschel
Man darf mit dem Glück nicht drängelig sein
Die Medlevinger
Wir Kinder aus dem Möwenweg
Sommer im Möwenweg
Geburtstag im Möwenweg
Weihnachten im Möwenweg
Monis Jahr
Nella-Propella
Nicht Chicago. Nicht hier.
Paule ist ein Glücksgriff
Der Prinz und der Bottelknabe
Prinzessin Rosenblüte
Skogland
Sophies schlimme Briefe
Verflixt – ein Nix!

Alle erschienen und lieferbar im Verlag Friedrich Oetinger.

In der Reihe

Süddeutsche Zeitung Junge Bibliothek

sind bereits erschienen:

464 Seiten
3-86615-110-1
978-3-86615-110-9

208 Seiten
3-86615-112-8
978-3-86615-112-3

192 Seiten
3-86615-116-0
978-3-86615-116-1

512 Seiten
3-86615-119-5
978-3-86615-119-2

In der Reihe
Süddeutsche Zeitung Junge Bibliothek
sind bereits erschienen:

80 Seiten
3-86615-129-2
978-3-86615-129-1

272 Seiten
3-86615-130-6
978-3-86615-130-7

208 Seiten
3-86615-132-2
978-3-86615-132-1

432 Seiten
3-86615-134-9
978-3-86615-134-5